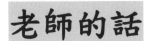

老師的話

U0035262

本書收錄新日本語能力測驗最新題型　全書共五回

每回考題各有 3 大部分

1. 文字.語彙（問題 1~4）

2. 文法（問題 5~7）

3. 読解（問題 8~13）

_____

每回測驗時間為 110 分鐘

請以應考的心情　寫完每一回模擬題

建議測驗時間　分配參考如下：

文字.語彙	文 法	読 解
20 分鐘	25 分鐘	65 分鐘

對完答案後　請參照本書簡易估算表自行估算分數

（估算表附在每回測驗後）

掃 QR CODE 可看蔡倫老師的影音詳解

NOTE _____

_____

_____

_____

_____

_____

_____

_____

_____

_____

N1 全真模擬試題

目　錄

● **第一回**

● **第二回**

● **第三回**

N1 全真模擬試題

目 錄

● **第四回**

● **第五回**

N1 模擬試題 5 回

蔡倫老師 完整影音解析 QR CODE 索引

	問題 1~4	問題 5~7	問題 8.9	問題 10~13
第一回	P1	P9	P19	P32
第二回	P49	P57	P65	P80
第三回	P97	P105	P113	P127
第四回	P143	P149	P157	P171
第五回	P187	P193	P201	P216

如何透過 QR CODE 掃碼看影片

1. 手機看影片：手機 LINE 的內建功能掃碼 → 即可看影片

2. 平板（Pad）或筆電看影片：LINE 的內建功能掃碼

   或 下載 google 相機掃碼 → 即可看影片

3. 桌電看影片：透過手機 LINE 掃碼後 → 開啟影片

   → 點選影片下方 *分享* → 分享到自己的 E-MAIL

   （或存成 E-MAIL 草稿）→ 即可透過此連結看影片

NOTE _____

_____

_____

_____

_____

_____

_____

_____

_____

_____

第 一 回

問題1-4 影音解析

>>> 言語知識（文字・語彙） <<<

問題1 ＿＿＿＿のことばの読み方として最もよいものを、
　　　　1・2・3・4から一つ選びなさい。

1 　土足とは「靴をはいた状態」もしくは「土のついた足」
　　という意味だ。
　　1 どそく　　　　　　　　2 どぞく
　　3 どあし　　　　　　　　4 つちあし

2 　苗から出荷にいたるまで、すべて自分の手で行っている。
　　1 なほ　　　2 なえ　　　　3 くわ　　　　　4 くき

3 　彼らは一日中あれこれ論うばかりで何も行動しない。
　　1 あてがう　　　　　　　　2 あげつらう
　　3 うけあう　　　　　　　　4 きしりあう

4 　心に疚しいことのない人はいないだろう。
　　1 あつかましい　　　　　　2 やましい
　　3 いまわしい　　　　　　　4 けわしい

5 この本は初心者だけでなく上級者にも重宝されている。

1 じょうほう　　　　　2 じゅうほう

3 ちゅうほう　　　　　4 ちょうほう

6 温暖化が地球を蝕んでいる具体例を学生に書いてもらった。

1 かさんで　　　　　2 あてこんで

3 むらがんで　　　　　4 むしばんで

問題2 （ ）に入れるのに最もよいものを、1・2・3・4 から一つ選びなさい。

7 新入生には、大学生活に慣れるための（ ）がある。

1 オリエンテーション

2 オートメーション

3 カンバセーション

4 ローテーション

8 流行はあっというまに広がるが、すぐに（ ）しまう。

1 たえて　　　　　　　　2 おとろえて

3 きえて　　　　　　　　4 すたれて

9 友達もいない外国で、ひとりで生活するのは（ ）。

1 心細い　　　　　　　　2 心苦しい

3 心残りだ　　　　　　　4 心安い

10 政治に（ ）若者が増えている。

1 鈍感な　　　　　　　　2 無関心な

3 無神経な　　　　　　　4 無分別な

11 いよいよ新装開店と思った（ ）に、工事の不具合が 見つかった。

1 矢先　　　2 時間　　　3 間際　　　　4 場合

12 はじめて見る外国人の顔を、幼い子は（　　　）と穴の開く

ほど見つめていた。

1　むくむく　　　　　　　　2　やすやす

3　まじまじ　　　　　　　　4　たじたじ

13 女将はまだ20代なのに、店の（　　　）。

1　采配を振るっている

2　支配を振るっている

3　盤を振るっている

4　中心を振るっている

問題3 _____に意味が最も近いものを、1・2・3・4から
　　　一つ選びなさい。

14 服に興味があるので服飾関係の仕事についた。

1　アパレル　　　　　　　　2　ノルマ

3　エンジニアリング　　　　4　ガイダンス

15 中華街のマンゴーかき氷を食べてごらん。おいしいこと

保証付きだ。

1　うけとり　　　　　　　　2　うけひき

3　うけあい　　　　　　　　4　うけもち

16 深刻な話と思ったら、そんなことは<u>珍しくない</u>話じゃない
ですか。
1 ありのままの　　　　　　2 ありえない
3 ありふれた　　　　　　　4 ありとあらゆる

17 この町ではどんな条件の老人たちでも<u>至れり尽くせり</u>の
介護が約束されている。
1 行き過ぎた　　　　　　　2 行き届いた
3 込み入った　　　　　　　4 取り入った

18 帰りにはお土産を<u>たくさん</u>買ってきてあげるから。
1 どっさり　　　　　　　　2 とっぷり
3 ぎっしり　　　　　　　　4 きっかり

19 こうしたら、とちょっと言ってあげたりしたら、<u>余計な</u>
<u>お世話</u>でかえって嫌われたりすることがあります。
1 おしゃれ　　　　　　　　2 おせち
3 おさきぼう　　　　　　　4 おせっかい

問題４　次の言葉の使い方として最もよいものを、１・２・３・４から一つ選びなさい。

20 手際

1 終了手際の失点であのチームは逆転負けした。

2 お客様を待たせないように手際よく行動してください。

3 以下にハッカーの手際・手法のいくつかを上げた。

4 宿泊から交通まで一括で手際を致します。

21 デメリット

1 無意識にデメリットキーで そのフォルダの全ファイルを消去した。

2 日本でデメリットと言えば「好都合になる」などの意味だ。

3 少子高齢化が経済に及ぼすデメリットが問題となっている。

4 カードをお持ちいただければ、デメリットを受けていただけます。

22 どっと

1 このようなニュースに誰でもどっとするに違いない。

2 自分の名前があるかと彼女はどっと目を通した。

3 どっと笑い声がおこる授業法を身に付けたい。

4 美術館に行ってどっとしているのが好きだ。

23 やぶさか

1 この写真は<u>やぶさか</u>な春の訪れを感じさせた。

2 イメージしていたのより小さくて、<u>やぶさか</u>ではない。

3 この道には<u>やぶさか</u>なアパートがいくつかある。

4 自分にメリットがあればお金を払うのも<u>やぶさか</u>ではない

　のだが。

24 ことわる

1 誰にも<u>ことわら</u>ずに席を立つのは失礼なことだ。

2 会社に遅れてきても<u>ことわら</u>ずに平然としている若者が

　多い。

3 もしも<u>ことわっ</u>た世界に生まれていたら、と思った

　ことがあるか。

4 食事に<u>ことわる</u>被災者を見て気の毒に思えてくる。

25 還元

1 事件を<u>還元</u>するために、再び事件現場を訪れていきました。

2 外国へ行くなら、前もってお金を<u>還元</u>しなければなりません。

3 特別なご愛用者様のために利益を<u>還元</u>することを決めました。

4 <u>還元</u>された商品はとうとう倉庫に運ばれてきた。

NOTE

第 一 回

>>> 言語知識（文法・読解）<<<

問題5　次の文の（　　）に入れるのに最もよいものを、
**　　　　1・2・3・4から一つ選びなさい。**

26　四十年も職人としてプライドをもって仕事をしてきた父は
　　自分ではまだ若い（　　）でいる。
　　1　こと
　　2　つもり
　　3　わけ
　　4　はず

27　荒波を乗りきってこの列島にたどりついた日本人、そして
　　海に取り巻かれながら生活を重ねてきた日本民族、とうぜん
　　日本人は海洋民族に（　　）。
　　1　なってからというものである
　　2　なればこそである
　　3　なってしかるべきである
　　4　ならないわけでもない

28 現在では、（　　）の過当競争を繰り広げている企業が多い。

1 食うが食われるまいが

2 食おうと食うまいと

3 食うにつけ　食わないにつけ

4 食うか食われるか

29 新聞のうち一紙たりとも、彼の個人資産を（　　）

追及しようとはしなかった。

1 あわや　　　　　　　　2 さぞかし

3 さながら　　　　　　　4 あえて

30 　「また　三時間はのばすって」

「困ってしまうなあ。ぼくのような人（　　）、一時間が

無駄になったら、すごい損失になるからね。」

1 にとっちゃ

2 にしたって

3 にさえも

4 にしといちゃ

31 山田さんは去年二か月入院した。この入院を（　　）、

彼は健康に注意するようになった。

1 もとにして　　　　　　2 かぎりにして

3 さかいにして　　　　　4 かわきりにして

32 「やあ　ようこそいらっしゃいました」。

「本日は（　　）、誠にありがとうございます」。

1　お招きいたしまして

2　お招きいただきまして

3　お招きさせてくださいまして

4　お招きなさいまして

33 勉強はちゃんとやっているのだから（　　）。

1　好きなようにやっておけばいい

2　好きなようにやらせているといい

3　好きなことをやらせてやればいい

4　好きなことをやらせておければいい

34 彼は選挙演説の中でいつも、国民が安心して暮らせる社会

（　　）暴力を絶対追放しなければならないということを

主張している。

1　をさせんがために

2　であるべく

3　にせんがために

4　にならんがため

35 「先生、すみませんが、夫の病気のこと、まだうちの子供たち
には何も（　　）。」

「はい、わかりました。」

1 言って欲しくないんだって

2 言ってやらないでほしい

3 言わせてやっていただけませんか

4 言わないでおいてくださいませんか

問題6　次の文の__★__に入る最もよいものを、1・2・3・4から一つ選びなさい。

36 その爆発的なパワー _____ _____ __★__ _____
最高の記録を残した。

1 彼は大会史上　　　　　　2 テクニックが

3 あいまって　　　　　　　4 と完璧といえる

37 子供の _____ __★__ _____ _____ のはとんでも
ないよ。

1 を頼みにいく　　　　　　2 こんな大切なこと

3 手ぶらで　　　　　　　　4 使いではあるまいし

38　彼は _____ ★ _____ _____ 断ることが

多い。

1　ところがあって

2　きっぱり

3　友人がいくら誘っても

4　食べずぎらいの

39　昨年秋以降 _____ _____ ★ _____ 、

いじめの定義を拡大した。

1　政府は

2　自殺が相次いだため

3　被害者の気持ちを重視し

4　いじめによる

40　学生たちは被害者、加害者の意見を _____ _____

_____ ★ _____ べきだと考えている。

1　聞いたうえで

2　加害者に罪を償わせる

3　考えて

4　社会のあるべき姿から

問題7　次の文章を読んで、文章全体の趣旨を踏まえて、（41）から（45）の中に入る最もよいものを、1・2・3・4から一つ選びなさい。

外国人に対して自国語の普及を推進するということは、一歩まちがうと自国文化のおしつけになりかねないし、文化侵略という非難をうけかねない。戦前の外国における日本語の普及には、そのようなきらいがあった。現在の状況はとてもそんなことではない。 41 、世界の要望のまえに受け身でたたされて、その需要に応じきれないというのが実情である。世界のなかの日本人口が増加すると、日本語はいずれひとりあるきをはじめるだろう。外国人どうしのコミュニケーションに日本語がつかわれるようになるのである。日本人は日本語を自分たちの所有物であり、私有財産だとおもってきた。日本語をじょうずにあやつる外国人に対しては、なにか自分たちの聖域をおかされたような気持ちをいだくひとがおおいのではないか。世界において日本語の使用人口が増大すると、そのような 42 では対応できなくなるだろう。日本語は世界人類の共有財産の一部分となるのである。日本人は、日本語を人類の共有にゆだねるべくさしだしたのである。ちょうど、柔道が世界的スポーツになったようなものである。柔道の起源は日本に発するが、いまや世界人類の共有するスポーツであって、日本人の独占物ではない。

　日本国民の私有物から世界人類の共有財産にうつるとともに、そこではたぶんある程度の改変作用がおこるだろう。柔道が国際化するとともに、体重別の制度が導入されたように、日本語も国際化とともに、なんらかのルールの変革がおこる可能性がある。たとえば、敬語が現状のままでおこなわれるかどうかには疑問がある。 43 。

　国際化とともに、日本人には聞きなれない奇妙な表現が外国人の日本語のなかにはあらわれてきてもふしぎではない。ときには、かなり聞きぐるしいこともでてくるであろう。わたしはそれを「おぞましい日本語」といっている。日本人は、そのような「おぞましい日本語」をきくことにたえなければならないのである。わたしたちのつかう英語は、おそらくイギリス人には「おぞましい英語」であろう。イギリス人は、世界でおこなわれている「おぞましい英語」にたえて、それを寛容にみとめているのである。 44 とはそういうものであろう。

　現在、国際語とかんがえられている言語は、いずれもこういう試練をうけて発達してきたものであろう。英語なども国際化とともに、かなりかわってきたものらしい。外国人の手による改変とともに、イギリス人自身が外国人に 45 努力して、つくりかえたところがすくなくないようである。日本語もその過程をへるのではないか。

41

1 消極的な普及にしては

2 消極的な普及にたいして

3 積極的な普及からすれば

4 積極的な普及どころか

42

1 公有物感覚　　　　　2 共有物感覚

3 私有物感覚　　　　　4 世界物感覚

43

1 それはそれがけっこうではないか

2 それはそうでよいわけではない

3 それはそれだけにいい

4 それはそれでよいのではないか

44

1 言語の私有化　　　　2 言語の国際化

3 言語の英語化　　　　4 言語のおぞましさ

45

1 わかりやすいものにしようと

2 わかりやすいものをしようと

3 わかりやすいものになろうと

4 わかりやすいものがなろうと

問題 8 次の（1）から（4）の文章を読んで、後の問いに対する答えとして最もよいものを、1・2・3・4から一つ選びなさい。

（1）

　社会の中で個人は孤立しては生きられないわけで、他人と出会い、集団といっしょに生活するというのが社会的動物といわれている私たち人間の宿命です。と同時に、文化も一つの文化だけで孤立しては成立しません。自文化だけでは存在しえないのです。他の異文化と絶えず接触しながら、その影響をうけたり、また影響を与えたりしながら存続していくのが文化であると言っていいと思います。日本の文化もまさに（注）太古以来いろいろな異文化の影響をうけて存在してきました。現在のような日本文化も、濃厚に外来の異文化の影響を受けて成立してきたものなのです。

（注）太古：大昔。

46 筆者が一番言いたいことは次のどれか。

1 人間も文化も同じように単独では存在できなく、異なる
　ものが互いに影響し合い存続してきたのである

2 人間は社会的動物と言われており、昔からさまざまな文化
　の影響を受けてきて、今日のように発展してきたのである

3 日本文化もさまざまなひたすら異文化の影響を強く受け
　ながら、現在の日本文化へと発展してきたのである

4 文化は一つだけでは存続できない。そのことを異文化と
　接触し、その影響を強く受けて存続してきた日本文化が
　証明しているのである

（２）

　言葉の世界だけにかぎらず、どのような表現形式であろうと、他人との関係を前提としていると言えます。内面の表現のように見えても、それは他人とは関係のない自立した人間の内部というものがあって、何かを表現しているということではないのです。表現とは他人との関係を前提とした約束事の上に成立する行為です。つまり表現のルールは個人に先だって存在しているということです。

　個人に所属しているかのように見える新しい表現の形式が生まれたとしても、このすでにあるルールへの関わり方が新しいのです。<u>これ</u>は自己表現ではあっても、けっして純粋な内面の表現などというべき性質のものではありません。

[47]　「<u>これ</u>」とあるが、何を指しているか。
　　1 他人との関係を前提としていない内面的な表現
　　2 異なるルールを所有している自己表現
　　3 内面的であることが表現の新しい前提
　　4 内面的な表現に見える新しい形式の表現

（３）

　リンゴの味の何であるかを知るには、リンゴを食うのが先決で、食うということをせずに、リンゴの味について語るのは観念の遊びである。古典も同じで、まずそれをみずから読むという実行が基本にならねばならない。これはわかりきったことだが、このわかりきったことが（注）存外一ばん大切なのではないかと思う。とりわけ近ごろは、参考文献と称するものがやたらとふえ、むしろその選択に戸惑い、それらを追っかけているうち日が暮れ、初心はどこかに蒸発してしまうといった事態さえ珍しくないかに見うけられる。実行よりは観念が、経験よりは知識が重んじられすぎるからである。

（注）存外：案外。

48　この文章で筆者が言いたいことは何か。
　　1　どんなことにおいても物事には一番大切なことが存在しており、現在ではその大切なことが見えなくなってきている
　　2　何事に関しても初心を大切にすることは一番なのだが、そのことがなかなか難しく、観念や、知識に頼ってしまうことが多い
　　3　現在では考え方や知識の方が重視されており、実際に経験して学ぶことの大切さがおろそかになっている
　　4　古典を理解しようとする際には、参考文献を追い駆けるのではなくまず読むことからはじめるべきである

（４）

　遠慮の有無は、日本人が内と外という言葉で人間関係の種類を区別する場合の目安となる。遠慮がない（注）身内は文字通りであるが、遠慮のある義理の関係は外である。しかしまた、義理の関係や知人を内の者と見なし、それ以外の遠慮を働かす必要のない無縁の他人の世界を外と見なすこともある。いずれにせよ、内と外を区別する目安は遠慮の有無である。これは日本人なら誰でもする区別であるが、しかしそれでも内と外に対する態度のちがいがあり、極端になることはよいことではないと思われている。たとえば、外面はよいが内面はわるいというのは、身内に対してわがままで気むずかしいのに、外の付き合いでは思いやりがある好人物で通っている人を多少非難していう言葉である。

（注）身内：家族、親類。

49 この文章では、「遠慮」という言葉は、日本人にとってどういうものなのか。

1 日本人なら誰でも外と内を区別するために遠慮を用いるが、遠慮のない相手は身内であるということが多い

2 遠慮とは自分にとっての身内を明確に表すために使用されるもので、遠慮をするのは身内であるという証である

3 態度が極端になるのは良くないと思われている日本人は、外と内の両方にたいして遠慮をしなければならないものである

4 日本人にとっての遠慮とはその人にとっての外部と内部との明確な境界線を引くためのものである

問題9　次の（1）から（3）の文章を読んで、後の問いに対する答えとして最もよいものを、1・2・3・4から一つ選びなさい。

（1）

　北アフリカの某国で、道をたずねてえらい目にあったことがある。空港への道を聞いたのだが、教えられたとおりに行くと、まるで反対の方角に出てしまった。おかしいな、と思って、べつの人に聞き直すと、その人の教えてくれた道も飛行場へは通じていなかった。三人、四人と聞いてまわったのだが、聞けば聞くほど迷うばかりである。しかも、教えてくれる人は確信をもって、この方向へ行け、というのだ。①私は腹を立てるよりもあきれかえった。

　だが、あとで真相が判明した。同国の知人の話によると、「この国の人たちは、知らないというのが、この上ない恥辱なんですね。ですから、知らないというくらいなら、でたらめを教えるほうがましなんです。そんなわけで、べつに悪気あってのことじゃないんです。」というのである。それを聞いて、私はますます恐れ入ったが、考えてみると、②日本人にもおなじような性癖がないとはいえない。

　というのは、日本人は相手が何も知らないということを前提にして話をすることを、たいへん失礼なことと思っているからである。（注）フロイスがいうように、日本人があいまいな言葉を好み、重んじるというのは、相手がすでに何もかも充分に心得ている以上、はっきりと

ものをいう必要はないと考えるからであり、明確な言葉をことさらに使うのは、相手が何も知らないときめてかかるようなものだと思っているからなのだ。だから、明確な言葉は失礼にあたるのである。むろん、話し手と聞き手とでは、話し手のほうがよりたくさん知っている場合が多いであろう。しかし、それにしても、くどくどと説明するのはいいことではない。相手は「一を聞いて十を知る」であろうからだ。つまり、「一を聞いて十を知る」利発さを相手に求めることこそ、相手を尊重する何よりの心づかいなのである。③それが日本人のつきあいのルールなのであって、そのルールを充分に身につけている人が礼儀正しい上品な人とされるのだ。

（注）フロイス：ポルトガルの宣教師。

50 「①私は腹を立てるよりもあきれかえった」とあるが、どうしてあきれかえったのか。

   1 何人もの人に道を聞いても、目的の場所に着くことが出来なかったから

   2 道を尋ねたときに、分からない道でも知っているかのように話すから

   3 アフリカの人に道を尋ねても目的の場所とは反対方向の道を教えるから

   4 道を聞けば聞くほど迷ってしまう自分にあきれてしまったから

51 「②日本人にもおなじような性癖がないとはいえない」とは
どのような意味なのか。

1 道を聞かれたときにでたらめを教えることが、日本人にも
あるということ

2 相手のことを思いやるという気持ちが、多くの日本人にも
あるということ

3 知らないことを恥であると思う考え方が、日本人の中にも
あるということ

4 悪気はないが、あいまいな内容を教えることが、日本人
にもあるということ

52 「③それが日本人のつきあいのルール」とあるが、ここでの
「日本人のつきあいのルール」はどういうことか。

1 相手に明確な説明をするよりも、相手が既に理解をしている
前提で話をすること

2 明確な言葉ではなく、あいまいな言葉を用いて話しを進める
こと

3 相手の方がたくさん知っているという気持ちで話をして、
聞き手を尊重すること

4 明確な言葉は失礼な言葉なので、どんな時でもあいまいな
言葉で話をすること

（2）

　都市歩きにとって、川は新鮮であるはずだ。川から見る都市は、街で見る都市ではない。

　ぼくたちは、普通、街のなかで街を見ながら歩いている。都市に包まれて、迷路に囲いこまれたネズミさながらに、歩きつづける。迷路を往くネズミの心境はさだかでないが、都市歩きのぼくたちは、都市の（注1）ヒダヒダを縫っていくうちに、目に見えない（注2）モンスターの全体像を、毛の一本一本から想像するかのような、とても大きな興奮に支配され、さらにまた、その興奮のゆえに、なおさら歩かなければならなくなる。ある種の（注3）躁状態に陥りながら、①足が身体のすべてを引きずっていくのだ。そうなったら、都市歩きは、まさに本物である。ついには、足の下に、都市のすべてをとらえたと信じこむ。しかし、息苦しくなるときがある。迷路を（注4）俯瞰するような高層ビルの展望室に立つと、妙に爽快なのはそのためだ。川のなかからは、高層ビル上からの眺めとは、またちがう感慨がある。まるで見も知らない物体が眼前に現れたかのような、不可思議な思いにとらわれるのである。いつも歩いている都市なのに、まるでちがう。都市と言うよりは、砂漠に忽然と出現した（注5）蜃気楼の集落であり、まるで現実感がなく、宙に浮いている。

　これは、（注6）ストゥリートが見えないからだと、ぼくは思う。川に面して壁のように立つ建物群と、その背後に折り重なる建物の

列だけが、目に入ってくる。たとえストゥリートが見えたとしても、目の位置が、日常と比べると、かなり下なので、歩くときの感じを呼び戻すことはできない。これが高層建築の上からであれば、迷路としてのストゥリートが一望にできるから、②その一点にいる自分を想像するのは、それほど困難ではないのである。

　川から眺めると、③いつもの都市から離れられる。異物を見るような眼で、眼前の都市を観察できる。すると、意外な風景に驚くことがある。

（注1）ヒダヒダ：何度も折れ曲がっている様子。
（注2）モンスター：悪魔　Monster。
（注3）躁状態：興奮している状態。
（注4）俯瞰する：高いところから見下ろす。
（注5）蜃気楼：船が海の上に浮き上がって見える自然現象。
（注6）ストゥリート：通り　Street。

53　「①足が身体のすべてを引きずっていく」とあるが、ここで、このように表現できるのは、なぜか。
　　1　冷静な意志で目標を決めるのではないから
　　2　大きな興奮に支配されて想像できなくなるから
　　3　モンスターの全体像をのぞきみるために知らない
　　　　道へ歩んでいくから
　　4　落ち着いた気持ちでこの街が見えなくなるから

54 「②その一点にいる自分」とあるが、ここではどのような
自分を指しているか。

1 眼前に出現している物体のどこかに存在してる自分

2 蜃気楼のような集落を見下ろして眺めている自分

3 いつもとまるで異なっている都市に直面している自分

4 ストゥリートが存在していない都市にいる自分

55 「③いつもの都市」とはどのような都市か。

1 自分が、いつも見なれている、常識としての都市

2 自分の、いつも考えている、理想としての都市

3 自分に、いつもものを思わせる、抒情的な都市

4 自分で、いつも歩きまわっている、迷路をもった都市

（３）

　学生たちを見ていると、よく勉強していて優等生的な生活をして
いる者と、講義などにろくにでないで学生時代の生活をたのしんで
いる者とがあるが、後者の方にはただあそぶだけでなく自分の可能性
をためしてみようとして山にのぼったり、旅をしたり、探検や冒険に
興味をもって活動している者も少なからずいる。観光文化研究所へは
そうした若者があつまってきた。（注）「類を以て集まる」ということ
ばあるが全くその通りであって、好きなことをするためには①苦を苦
にしない人たちである。そして貧しいことも大して気にしていない。
貧乏しているくせにいつの間にか金をためて旅に出る。旅といっても
国内よりも海外が多い。そして未知の世界を歩く。それも文明諸国に
足の向くものは少ない。中近東・アフリカ・東南アジアなどである。
そこには文明社会では見られない素朴であたたかな心を持った人たち
がいる。文明社会だったものをそこで見つけることができる。文明
の発達ということは、すべてのものがプラスになり、進歩してゆく
ことではなく、一方では多くのものが退化し、失われてゆきつつある。
②それをすべてのものが進んでいるように錯覚する。それが人間を傲
慢にしていき、傲慢であることを文明社会の特権のように思いこんで
しまう。そういうことへの疑問は、現実の社会のいろいろのことにふ
れていると、おのずから感得できるものである。そして生きるという

ことはどういうことか、また自分にはどれほどのことができるのか、それを試してみたくなる。ところが今の日本では③それすら容易に見つけることができないのである。

（注）「類を以て集まる」：似たもの同士は自然に集まることのたとえ。

56 「①苦を苦にしない人たち」とあるが、この人たちはいつも何をしているか。

1 他人が苦しいと思っていることに挑戦して、自分達の限界を確かめている

2 どんなに苦しくても、自分が好きなことだけを楽しんでしている

3 生活を楽しみながら、本当の自分のすがたを見つけようと、さまざまな活動をしている

4 同じ興味を持つ若者同士で、海外へと出かけたり、新しい物事を発見している

57 「②それをすべてのものが進んでいるように錯覚する」とあるがそれはなぜか。

1 文明が発達し、進歩して行く過程で失われてしまったものが見えなくなっているから

2 文明の発達や進歩とはすべてのものがプラスになると、人々が思い込んでいるから

3 文明社会では、全てのものが発達していくので、
　 退化していくものを気にしないから

4 退化していくものより、進化していくものの方が
　 大切であると人々は思っているから

[58]　「③それ」とは、どういうことか。
　 1 本当に生きているという実感
　 2 人が生きる上での意義
　 3 生きる上での必要な感覚
　 4 現実社会でのさまざまな疑問

問題 10　次の文章を読んで、後の問いに対する答えとして最もよいものを、1・2・3・4から一つ選びなさい。

　「冗談も（注 1）休み休み言え」という言葉がある。それをもじって「マジメも休み休み言え」という雑文を書いたら、かなりの反響があった。（注 2）のべつまくなしの退屈な話に痛めつけられている人は大分いるらしい。しかし、総じて言うと、日本にはまだまだマジメな人の方が多いようだ。日本人の好きな儀式に出席すると、まったく面白くもないマジメなあいさつとやらをやたらに聞かされる。ながながと退屈な話をして「はなはだ簡単ですが」などというので、この人も少しは冗談を言うのかと思うが、本人はマジメくさっているので、どうも①本気で言っているらしい。

　日本人はユーモアのセンスにかける、とよく欧米の人に言われる。これはどうしてだろう。そのひとつは、笑いというものが客観性を誘発する性質をもつからではないか、と思われる。式などというものは、その中に「はいっている」からこそマジメにできるところがある。「ナーンダソレ」ということになるとばかくさくて仕方ない。しかし、儀式を執り行っている人でも、参列している人でも、②そこに「はいっている」限り、有り難い感じがしてくる。そんなときに、だれかが外から見て、「ナニヤッテンノ」というと、すべてぶち壊しになる。

日本人は「ウチ」と「ソト」の区別に敏感なので、みなが「ウチ」の中で一体となっているのを笑いによる客観化によって、③ぶち壊されるのを嫌う。ただ、すべての「ウチ」の人がばか騒ぎをして笑うときは、一体感が助長されるのでいいが、こんなときは低級な笑いを誘うものが好まれ、ユーモアというものから遠ざかる。

ユーモアは余裕のあるところに生まれる。マジメに考えると、いかりとか戦いとかが起こりそうなとき、余裕のある人がユーモアを生み出し、また、適切な冗談によってみなの心に余裕が生み出されることもある。しかし、こんなときは極めて微妙で、うっかりすると「ふざけるな！」とおこられたり、なぐられたりさえする。こういう危険を犯しながら笑いを生み出すところに冗談の言い甲斐もある。

冗談による笑いは、世界を開き、これまでと異なる見方を一瞬に導入するような効果をもつことがある。（注3）八方ふさがりと思えるとき、笑いが思いがけぬ方向に突破口を開いてくれる。

（注1）休み休み言え：馬鹿げたことを言うな。

（注2）のべつまくなし：絶え間なく続くこと。

（注3）八方ふさがり：ここでは、どうしようもないという意味。

59 「①本気で言っているらしい」とあるが、これはどういうことなのか。

1 退屈な挨拶をしたことに対して、冗談を入れて場を和ますということ

2 日本では真面目な挨拶が儀式に必要なものと考えられているということ

3 真面目で長々とした挨拶を本気で簡単なものと思っているということ

4 日本人は冗談を言う際にも、ふざけずに真面目に冗談を言うということ

60 「②そこ」とあるが、それは何を指しているのか。

1 自分自身もその儀式を執り行っている者であるという考えを持ちながら、儀式に参加していること

2 見物しているのではなく、その式の参加者として参加しなければならないという感覚のこと

3 儀式の一部として自身もそこに存在し、役割を果たしているものであるという自覚を持っていること

4 客観的に儀式全体を見渡し、それぞれ真面目に参加している方々に感謝の意を表しているということ

61 「③ぶち壊されるのを嫌う」とあるが、何がぶち壊されるのか。

1 儀式を執り行う人々に共通している考え方

2 その場に存在している一体感

3 儀式の場の空気を盛り上げるための行動

4 参加者の間に存在するありがたさ

62 筆者の考えでは、ユーモアとは何か。

1 怒りや嫌悪な空気に支配されている場を一瞬にして、
なごんだものへと変化させるものである

2 場の空気を更に悪化させる危険を伴うものではあるが、
笑いを生み出すために言わずにはいられなくなるもの
でもある

3 真面目で堅苦しい場の空気に違いを持たせ、笑いを
誘うことが出来る魔法のような言葉である

4 余裕のある人が他人の心にもその余裕を与え、
新たな見解をもたらすことも可能なものである

問題 11　次の A と B の文章を読んで、後の問いに対する答えとして最もよいものを、1・2・3・4から一つ選びなさい。

A

　8 時 40 分前後に出社する私は、8 時 22、3 分ころにふたつの私立高校の前を通る。8 時 25 分が登校時間なのだろうか、生徒たちが駆け足で校門に急ぐ光景に出あう。何人かの教師たちが生徒たちをせかしている。生徒たちは校門へと走りこむ。まさに、追われる羊の群れである。

　遅刻が良いとはいえない。しかし、教育において、遅刻をそれほど悪いことにすべきなのだろうか。教育現場において、個性を無視した強制を伴う管理がはびこっている。

　昭和初期に活躍したある教育者は、集団主義の時代こそ、個性の理想が重視されなければならないと主張した。当時は軍国主義が台頭し陸軍による全体主義が広まった時代である。そして現代は、陸軍による全体主義に代わって、効率や利益第一主義の全体主義、学歴偏重の全体主義の時代になっている。教育に携わる人たちは、この現状をもっと考えなければならないのではないか。

B

　中教審の新しい答申が夏に出されるそうだが、そこでは受験偏重となっている教育の改革が論じられているという。その具体策に期待したいが、私は、人間性の本質に拠った根本的な改革案でなければ、わが国に教育の力をよみがえらせることはできまいと思う。現状の枠組みのままに制度をいじっても、管理・受験教育の束縛は強まるばかりである。多くの教師たちは授業に工夫を凝らしているが、結局は、どうしても入試に縛られているのが実情である。しかも、その猛烈な受験戦争をくぐってきた大学生は、最初の一年は何もわからないまま過ごし、二年生でようやく大学の意義を知る。しかし三年生になれば今度は就職活動に入る。本当に大学で教育らしい教育を受けるのは１年ちょっとしかない。このような大学に意義はあるのだろうか。教育とは受験の技術を教えることではないはずだ。中教審の答申が、受験偏重の教育を改めるきっかけになることを期待する。

63　ＡとＢの認識で共通しているものは何か。

　1　日本の教育は大変優れている

　2　日本の教育は問題がある

　3　日本の教育は個性を尊重している

　4　日本の教育は特殊である

64 AとBの文章を以下のようにまとめる場合、①と②にはいる
ものの組み合わせとして適当なものはどれか。

「Aの筆者は（　①　）と考えている。そしてBの筆者は（　②　）
と考えている。」

1 ① 個性を無視した全体主義はよくない

　② 受験偏重の学校教育を改めるべきだ

2 ① 個性を尊重する教育は必要ない

　② 教育は受験技術を教えることだ

3 ① 現代は利益や効率が重視されている

　② 根本的な教育の改革は必要ない

4 ① 全体主義は教育に必要なものである

　② 大学生により多く勉強させるべきだ

問題12 次の文章を読んで、後の問いに対する答えとして最もよいものを、1・2・3・4から一つ選びなさい。

パソコンが登場し、いわゆるメール（電子メール）が利用されるようになったとき、①私は手紙とメールの違いに驚いた。手紙は人と人との関係のなかで書かれる。だから相手の立場や気持ちに思いを寄せながら書く。送り手と受け取り手の間に生まれた過去の関係が大事にされるといってもよい。手紙のなかには、過去のすべての関係が蓄積されているのである。

ところがメールになると、自分の伝えたい情報の送信になってしまう。自分の伝えたいことを伝えるだけである。不思議なことにメールだと、受け取る側も情報を知ろうという読み方になって、たまに手紙のような文面が送られてくると読むのがめんどうになってくる。

広告メールのようなものを除けば、メールも人と人との関係のなかで送られている。②その点では手紙もメールも同じようなもののはずである。ところが違う。手紙は、たとえそれが頼みごとであったとしても、過去の関係の蓄積をふまえて、自分の思いを伝えることに主目的があるのに対して、メールの主目的は情報の伝達である。読み手は必要な情報だけを受け取り、必要のない情報は読み捨てる。ここでは情報の送信者と受信者という関係だけが成り立ち、必要な情報でなければ、その関係も一瞬にして消える。

　私は、この手紙からメールへの変化のなかに、現代のさまざまな関係のあり方が象徴的にあらわれているような気がする。たとえば、かつてはお店では売り手と買い手の関係があった。昔からの関係の蓄積を前提にして、店の人と客は会話をし、ときに商品をすすめられながら、客は商品を購入した。だが今日のコンビニやスーパー、量販店では違う。その場かぎりの関係が生まれ、その関係もたちまち消える。つねに新しい関係が一瞬生まれ、消えていくという繰り返しのなかで、③私たちは暮らしている。

　現在では、私たちを包むあらゆる部分で、このような変化が進行しているのだと思う。関係が希薄化しているとよく言われるけれども、それは正確な言い方ではない。関係が蓄積されていかないのである。あるいは、たえず新しい関係が生まれては、その関係が使い捨てられ、消費されていく世界のなかに、私たちが次第にのみ込まれていったのである。

65 「①私は手紙とメールの違いに驚いた」とあるが、筆者の場合、手紙とメールの違いはどこにあるのか。

1 メールは伝えたい情報に重点を置き作られるものではあるが、作る人によっては手紙のように、相手との関係を大事にして作る場合もある

2 手紙は送る側と受け取る側に存在するそれぞれの思いを読み取るものであるのに対して、メールは迅速に物事の要点を知るために用いられるものである

3 メールは送る側の気持ちや思いと言ったものが込められていない分、手紙と異なり受け取る側も気持ちを込められずに、情報として読み取るだけとなってしまう

4 手紙は過去から現在までの関係がすべて書かれているものであるが、メールには現在の伝えたい情報と関係だけを書いて送信するという習慣が存在している

66 「②その点では手紙もメールも同じようなもののはずである。」とあるが、それはどういうことなのか。

1 手紙にもメールにも送り手と受け取り手の関係が存在した上で、送られたり受け取ったりするものであることには変わりがないということ

2 お願い事であっても、何かを伝えるだけであっても、手紙もメールも同じ役割をこなしていることには変わりがないということ

　3　手紙でもメールでも伝えるものがあるから送るものであり、
　　　情報を送ることを前提として、相手に知らせることがあって
　　　はじめて送るものであるということ
　4　手紙に送り手と受け取り手が存在するように、メールにも
　　　送信者と受信者が存在し、受け取る人がいるから送ることが
　　　出来るものであるということ

67　「③私たちは暮らしている」とあるが、筆者によると、私たち
　　はどんな関係で暮らしているのか。
　1　昔ながらの長い付き合いというものが存在しなくなってき
　　　た現在の生活の中では、その場の関係も簡単に作ることが
　　　出来る反面、壊すこともまた簡単なものである
　2　さまざまな関係と関わり合いながら、他者と自分を繋げては
　　　また切り離してしまう生活の中で、人々はその場限りの関係
　　　を多く持つに至っている
　3　多くの関わり方が存在する生活では他者との関係もその場
　　　そのときの必要に応じて、形成されてはまた蓄積されていく
　　　が、残るのは最低限の関係のみである
　4　売り手と買い手という関係のように他者との関わり方が
　　　常に存在し、多くの関係が一瞬で生まれては足かせとなって、
　　　身に降りかかって来る

68 筆者が一番いいたいことは次のどれか。

1 多くの関わりにとらわれずに、他者との関係を自由に
作ってはそれらを消費することが許される現在は、
人々の関わり方も複雑化しているのである

2 他者との関わりの中で関係はその場限りで消費されては
また 生まれ、繋がりの薄いものへと変化を遂げてきたが、
過去のように深い繋がりを持ちたいものである

3 人は蓄積された関係をもとに繋がっているのではなく、
現在の社会の変化に対応するために、必要最小限の関係が
形成されていくようになっているのである

4 変化が目まぐるしい現代においては他者との関係も蓄積
されず、その場に応じて使い捨てられ、必要とされる
ときに再度その関係が作られているのである

問題13　以下は立浜市の外国人情報・相談コーナーに関するものです。下の問いに対する答えとして最もよいものを1・2・3・4から一つ選びなさい。

69 立浜にある工場で働いているアルゼンチン人のサントスさんはこの相談コーナーを利用しようと思っています。サントスさんの仕事はシフト制で、来週のシフトは下の表のようになっています。サントスさんが相談できる日はいつですか。

ロメオ・サントス　5月第2週勤務表

月曜	火曜	水曜	木曜	金曜	土曜	日曜
日勤	日勤	夜勤	休み	休み	日勤	夜勤

日勤：9：00～17：00　　夜勤：22：00～6：00

1　水曜から土曜日までの4日間

2　水曜から金曜までの3日間

3　木曜と金曜の2日間

4　木曜から土曜までの3日間

70 この団体の専門相談を受けることが<u>できない</u>人は以下のうち誰ですか。

1　イラン人で英語ができる会社員のハメネさん

2　ペルー人でスペイン語ができる日系3世のヤマモトさん

3　中国人で中国語しかできない張さん

4　韓国人で韓国語しかできないパクさん

外国人情報・相談コーナーとは

「外国人情報・相談コーナー」は、多言語での電話や面談により、在住外国人への生活情報の提供や、さまざまな分野の生活相談を行っています。 相談は無料です。

また、国際交流・ボランティア活動・外国人支援などの市民活動についての情報提供・相談を行っています。

相談できる曜日・時間と言語

月曜～金曜日　10：00～17：00

　　(11：30～12：30 は昼休み、16：30 で相談受付は終了します)

　　英語・中国語・スペイン語による相談ができます。

第2・第4土曜日　10：00～13：00

　　(12：30 で相談受付は終了します)

毎月第2土曜日は、中国語・スペイン語。第4土曜は、英語・スペイン語です。

休館日　第1・第3・第5土曜日、日曜日、祝日、年末年始

電話での相談は

　　　電話　048-222-1210

　　　Eメール　info.corner@gaikoku.or.jp

来所しての面談は

住所 立浜市みらい 1-2-3　みらいビル 立浜国際協力センター 5階

財団法人 立浜国際交流協会 事務室内 ※できれば予約してください。

その他の専門相談

毎月、日時を決めて、在留資格、子どもの教育に関する専門相談を行っています。

① 在留資格・出入国手続きについての相談　毎月　第1木曜日
13：00〜16：00　在留関係を専門とする行政書士が対応します。
無料。※予約してください。

② 子どもの教育についての相談。NGO「多文化共生教育ネットワーク」による教育相談。無料。※できれば予約してください。
毎月第2土曜日　10：00〜12：30　中国語・スペイン語
毎月第4土曜日　10：00〜12：30　英語・スペイン語

>> 簡 易 估 算 表 <<

1. 第一部分：文字.語彙.文法

第一部分之合計總分為 60 分 (最低合格門檻 19 分)

按比率計算：第一部分得分 Ⓐ ☐ 分 × 60 ÷ 76 = ☐ 分

	答對題數	每題配分	得 分
問題 1		1 分	
問題 2		1 分	
問題 3		1 分	
問題 4		2 分	
問題 5		2 分	
問題 6		2 分	
問題 7		3 分	
合　計			Ⓐ

----

2. 第二部分：読　解

第二部分之合計總分為 60 分 (最低合格門檻 19 分)

按比率計算：第二部分得分 Ⓑ ☐ 分 × 60 ÷ 75 = ☐ 分

	答對題數	每題配分	得 分
問題 8		3 分	
問題 9		3 分	
問題 10		3 分	
問題 11		3 分	
問題 12		3 分	
問題 13		3 分	
合　計			Ⓑ

第一回 答 案

題號	1	2	3	4	5	6	7	8	9	10
ANS	1	2	2	2	4	4	1	4	1	2

題號	11	12	13	14	15	16	17	18	19	20
ANS	1	3	1	1	3	3	2	1	4	2

題號	21	22	23	24	25	26	27	28	29	30
ANS	3	3	4	1	3	2	3	4	4	1

題號	31	32	33	34	35	36	37	38	39	40
ANS	3	2	3	3	4	3	3	1	1	3

題號	41	42	43	44	45	46	47	48	49	50
ANS	4	3	4	2	1	1	4	3	4	2

題號	51	52	53	54	55	56	57	58	59	60
ANS	3	1	3	1	4	3	1	2	3	3

題號	61	62	63	64	65	66	67	68	69	70
ANS	2	4	2	1	2	1	2	4	2	4

**第一回 重組練習題 ANS

（36）4-2-3-1　　（37）4-3-2-1　　（38）4-1-3-2

（39）4-2-1-3　　（40）1-4-3-2

第二回

問題1~4影音解析

>>> 言語知識（文字・語彙）<<<

問題1 ＿＿＿のことばの読み方として最もよいものを、
1・2・3・4から一つ選びなさい。

1 数字を括弧で括って入力すればいい。

1 さいて　　　　　　　2 くくって

3 さらって　　　　　　4 くぎって

2 相殺の条件を満たすか否かについて検討しなければいけない。

1 あいさつ　　　　　　2 そうさい

3 しょうさつ　　　　　4 しょうさい

3 百の獣の王様である野生ライオンを見たことがあるか。

1 さもの　　　　　　　2 こもの

3 けもの　　　　　　　4 あきもの

4 彼は先生を見かけると、姿勢を正し、恭しく挨拶をした。

1 いとわしい　　　　　2 いまいましい

3 おぞましい　　　　　4 うやうやしく

5 友に災いをもたらさず、親しい人を嘲らない人になってほしい。

　　1 あなどらない

　　2 あざけらない

　　3 とどこおらない

　　4 はかどらない

6 滑走路にはいろいろなものが設置されている。

　　1 がそうろ　　　　　　2 かそうろ

　　3 かっそうろ　　　　　4 がっそうろ

問題2 （　）に入れるのに最もよいものを、1・2・3・4 から一つ選びなさい。

7 今日は（　　）天気だ。

   1 あいくるしい   2 すがすがしい

   3 しらじらしい   4 けたたましい

8 卒業式のスピーチの内容は（　　）なことしか言っていなかった。

   1 星並み   2 日並み

   3 月並み   4 足並み

9 日本人は感情を（　　）しないから何を考えているのか分からない。

   1 明るく   2 あからさまに

   3 陽気に   4 明るい

10 僕はオリンピック招致に（　　）。

   1 一役尽くした   2 一役買った

   3 一役担った   4 一役売った

11 ソニーは他の会社に（　　）十年ぐらい前から週休二日に なっている。

   1 さきがけて   2 さきたって

   3 さきばしって   4 さきばらって

12 新学期はいろいろ忙しくて、（　　　）何からはじめたらいい
のか分からない。

1 さしずめ　　　　　　　　2 なまじっか

3 たんじて　　　　　　　　4 のきなみ

13 戦争（　　　）の頃、私はそのうわさを耳にしたことがあった。

1 やみくも　　　　　　　　2 たけなわ

3 さまたげ　　　　　　　　4 ときおり

問題3 _____に意味が最も近いものを、1・2・3・4から一つ選びなさい。

14 世界にたいする捉えかたの基準がはっきりと変化しつつある。

1 ミディアム　　　　　　　2 チューター

3 シフト　　　　　　　　　4 スタンダード

15 二十一世紀の中ごろには、地球の平均気温は現在より二度
あるいは三度上昇するであろう。

1 また　　　　　　　　　　2 ならび

3 ないしは　　　　　　　　4 そして

16 この映画がこんなに<u>成功する</u>とは思わなかった。

   1 あかりをつける

   2 あたりをとる

   3 はずみがつく

   4 はっぱをかける

17 すばらしい成果をあげることができた。苦労した<u>値打ち</u>が
あった。

   1 きぬ   2 うす   3 かい   4 あたい

18 中田さんはメールで本社にいる上司の指示を<u>あおいだ</u>。

   1 送った   2 見上げた

   3 うやまった   4 もとめた

19 その島の人たちはダム建設に対する反対運動を<u>展開している</u>。

   1 賛成している

   2 始めている

   3 伝えている

   4 くりひろげている

問題4　次の言葉の使い方として最もよいものを、1・2・3・4から一つ選びなさい。

20 意向

1 課長は意向を張って異動を拒否した。

2 日常の習慣をちょっと変えるだけで意向力が向上するそうだ。

3 自分の意向したものと異なる広告を表示された。

4 私は相手の意向を汲む作業が得意ではない。

21 気難しい

1 気難しいことでも彼はすぐになしとげてくれる。

2 心の底から好きで、気難しい友人というものがあるのか。

3 どんなことに対しても、私はいつも気難しく向き合っている。

4 理系の人は気難しいというイメージがあるようだ。

22 合同

1 何回もの折衝を重ねてようやく合同を書いて契約を結んだ。

2 その活動はみなさまのご合同によって支えられています。

3 その話は商学部と法学部が合同で進めている。

4 職場や団体活動での場で合同作業をするにはコンピューターが不可欠だ。

23 絶体絶命

1 軍の司令官から絶体絶命を命じられた。

2 まわりを敵に囲まれ、絶体絶命のピンチだった。

3 自分に自信を失ったことが絶体絶命の理由である。

4 誰でも訓練すれば、絶体絶命の心境になることができる。

24 まさか

1 彼の電話番号は、まさかこの番号に違いない。

2 お金持ちが、まさか善人とは限らない。

3 このまま進めば、まさか駅にいくはずです。

4 まさかこのような結果になるとは、夢にも思わなかった。

25 ちやほや

1 会場には知った顔がちやほや見られた。

2 あのタレントは少し名前が売れてきたので、ちやほやされている。

3 料理ができあがりしだい、ちやほやしているうちにいただこう。

4 残念ながら、お客さんはちやほやしかいなかった。

NOTE

第 二 回

>>> 言語知識（文法・読解）<<<

**問題5　次の文の（　）に入れるのに最もよいものを、
　　　　1・2・3・4から一つ選びなさい。**

26 要求は非常識なので、（　　）認められないに違いない。

　　1 だれからも　　　　　　2 だれしも

　　3 だれであれ　　　　　　4 だれともなく

27 アパート住まいはしたくないものと思いながら、働きがない
　　ばかりに、未だに一戸建ての家に（　　）。

　　1 住めないでいる

　　2 住んでいられない

　　3 住まないでおかない

　　4 住んでいない

28 五十（　　）のちょっとやばい雰囲気を持った男がやってきた。

　　1 ぐるみ　　　2 がらみ　　　3 ごとき　　　4 めいて

29 実際は（　　）ちがいはなかったということがこれでわかる。

　　1 なにとぞ　　　　　　2 はしくれ

　　3 さしたる　　　　　　4 あやうく

30 漢字の筆意（　　）筆勢（　、　）、そういう流れのような
　　ものは学んだにしても、明朝体の楷書なんぞをかっきりと
　　書いたりはしなかった。
　　1 と言おうと　/　言うまいと
　　2 というか　　/　というか
　　3 につけ　　　/　につけ
　　4 といわずか　/　といわずか

31 安心して（　　）安全なところが少ないのは問題ではない
　　でしょうか。
　　1 子供でもしてもらえる
　　2 子供までにしてしまう
　　3 子供さえにさせてくれる
　　4 子供だけにしておける

32 「（　　）、向こうの方。あそこに高い山が見えるでしょう。」
　　「あっ、本当だ。綺麗ね。」
　　1 ほら、みてごらん
　　2 ほら、みてらっしゃい
　　3 ほら、みてこい
　　4 ほら、みてなさい

33 菅田さんを心配しなくてもいいよ。いま嬉しそうににこにこ

笑っている（　　）。

1 のじゃないか

2 にほかならない

3 じゃないか

4 だけのことはあった

34 まさか安全な幼稚園の中でお金を盗む人が（　　）きめこん

でいたので、自分の思い過ごしだろうとさして気にしていな

かった。

1 いないものでもないが

2 いればいたで

3 いるはずがあるまいと

4 いるわけにはいかないとして

35 彼女は皆に好かれたい（　　）ことを言い残して部屋を

去っていった。

1 とやらの

2 といわぬばかりに

3 とはいえない

4 とまでいわない

問題6 次の文の＿★＿に入る最もよいものを、1・2・3・4から一つ選びなさい。

36 もし手紙の形式 ＿＿＿＿＿ ＿＿＿＿＿ ＿★＿＿ ＿＿＿＿＿

気をつけなければならなくなる。

1 あれこれこまかいことに

2 ぼくたちは

3 というものがなかったら

4 手紙を書くたびに

37 新しい ＿＿＿＿＿ ＿＿＿＿＿ ＿★＿＿ ＿＿＿＿＿

分からなかった。

1 見に行ったものの

2 日当たりのことは

3 家を買うため

4 夜のこととて

38 山小屋に ＿＿＿＿＿ ＿＿＿＿＿ ＿★＿＿ ＿＿＿＿＿

最もつらいことだった。

1 話せる相手のいないことが

2 もさることながら

3 空腹や寒さ

4 閉じ込められた時は

39 酔っ払いに ＿＿＿＿ ＿＿＿＿ ＿＿★＿＿ ＿＿＿＿

社会的慣習となっている。

1 日本人の寛容さは　　　　2 対する

3 いつから　　　　　　　　4 ともなく

40 職場まで ＿＿＿＿ ＿＿★＿＿ ＿＿＿＿ ＿＿＿＿

わけではない。

1 通えない　　　　　　　　2 一時間半ぐらいで

3 家から　　　　　　　　　4 行けるのだから

問題7　次の文章を読んで、文章全体の趣旨を踏まえて、（41）から（45）の中に入る最もよいものを、1・2・3・4から一つ選びなさい。

　来日早々、親類の若者からまっ先にプレゼントされたのは、ポケット版の国語辞典だった。たしかみどり色のカバーのあるかなり分厚いもので、渡される時に「頑張ってね」といわれたのを今もよく覚えている。

　自慢になるかどうか分からないが、文字通り頑張って、ほんの一年のうちに、この辞書をぼろぼろにしてしまった。当時私は、大学の日本語コースを　41　数ヶ月も待つはめになっており、個人授業などという、ぜいたくは許されなかったため、私の唯一の教師は辞書とテレビだった。来る日も来る日も、私は、テレビの画面をみながら、耳で拾った日本語を辞書で引き、　42　。

　そんなある日、私はホームドラマのセリフの中に何回となく出てくる「つまらない」という言葉に興味を持った。この言葉は、場面場面で意味がすこしずつ違うのではないだろうかと感じたので、さっそく辞書を引いてみると、①おもしろくない、②価値がない、とるに足らない、と二つの意味がはっきりと説明されていた。

　　43A　日本語が上達するにつれ、辞書に書いてあることを額面通り受け取ると大変なことになりかねないということを、みずから体験するようになった。

43B　辞書の説明を鵜呑みにすると、次の文章は、同じ意味になってしまう。

(a)　美智子さんは彼氏とおもしろくないことがありました。

(b)　美智子さんは彼氏とつまらないことがありました。

ネイティブ．スピーカーなら、すぐ気がつくはずだが、文（a）の「おもしろくない」は「つまらない」と同等の意味ではない。ところが、辞書には、はっきりと「つまらない」イコール「おもしろくない」と説明されているため、勉強熱心な人であればあるほど、まじめに辞書を信じ、文（a）と（b）は同じ意味だと確信してしまう。

日本語では、「おもしろい」という言葉は、否定形の「おもしろくない」という形をとると、本来の「興味しんしんではない」という意味の他に、もう一つ心理的に「好ましくない」という意味をも含むようになる。こんなことが辞書に説明されていれば、外国人でも何とか微妙な日本文のニュアンスへの手がかりをつかむことができるかもしれないが、今の国語辞典には　44　。

（中略）

このように会話文を少しシステマチックに分析すると、辞書に頼りすぎるのは禁物ということがよく分かってくる。結局、外国人としては、何回も何回も実際の使用場面に出会わない　45　、辞書の限界を乗り越えることはなかなか難しいと思う。

41

1 受けられるほど　　　　　　　2 受けるほど

3 受けられるまでに　　　　　　4 受けるまで

42

1 自分のものへしていた

2 自分のものをしてしまった

3 自分のものにしていった

4 自分のものをしてきた

43A−B

1 つまり　　／　このように

2 ところが　／　たとえば

3 しかし　　／　それに

4 ところで　／　例をすれば

44

1 それほどに望むのではないか

2 それほど望まないわけではない

3 そこまでは望めそうもない

4 そこまで望もうとしないのだ。

45

1 かぎり　　　　2 ことに　　　3 ように　　　4 だけ

問題8　次の（1）から（4）の文章を読んで、
　　　　後の問いに対する答えとして最もよい
　　　　ものを、1・2・3・4から一つ選びなさい。

（1）

　（注）ミュンヘンで、ある日の夕刻、墓地を訪れた。ドイツの墓地は、単なる埋葬の場所でもなければ、墓参の場所でもない、ほとんど公園と同じように考えられている。（中略）

　墓地までも緑地化して、しかも公園のように使おうというドイツ人のみどり願望には脱帽するほかない。私にはこれほどの強烈なみどり願望はないし、また普通の日本人一般についても<u>これ</u>は当てはまると思う。墓地の中でゆったりとみどりを味わい、友人たちと楽しげに語り合うことがわれわれにできるだろうか。

　（注）ミュンヘン：ドイツで3番目に大きな都市。

46　「<u>これ</u>」とあるが、ここではどういうことか。
　　1　墓地までも公園のように使おうとするドイツ人の強烈な
　　　　みどり願望のこと
　　2　墓地までも公園のように使おうとするみどり願望がないこと
　　3　一般の日本人もドイツ人のみどり願望に脱帽してしまうこと
　　4　一般の日本人は墓地でみどりを味わい、楽しく語り合う
　　　　ことができないこと

（2）

　最近、さかんに古典が読まれはじめ、しきりに体系的な思索が求められているのはどういうわけだろう。日本人は戦後の荒廃から立ち直って、自分の頭で思索しはじめたのではないか。あるいは、根底的にものを考えようとする要求が、日本人の間にやっと芽生えはじめたのではないか。そして、この根底的な思索への要求が古典との対決を求めるのであろう。しかし、同時に現代はまさに忙しく、めざましく変わる時代である。古典の探究に時をついやし、古典の中に住みなれる人間は、まさにそれによって現代ばなれした、世界に通用しない人間になるのではないだろうか。

47　筆者が言いたいことは次のどれか。
　　1　戦後に立ち直った日本人は戦争を反省することから、物事を思索し、深く探求することによって、古典を読むようになり、古典と対決することになったのである
　　2　根底的にものを考えようとする最近の日本人は、古典を読み始め、古典を探求することによって、時代の新たな考え方を身に付けようとしているのである
　　3　深く物事の根底を追求するようになったことで、日本人は古典を読むようになったものの、そのことによって社会の変化に付いていけなくもなってしまう一面もある
　　4　古典を読むことで物事の心理を根底的に思索することが可能となるが、古典を読んでしまうと時代のめまぐるしい変化に付いていくことが難しくなる

（3）

　人はだれも心の中に現実自己と理想自己を持っている。

　現実自己とは、自分自身が捉えている現にあるがままの自分の
イメージのことで、理想自己とはあるべき自分のイメージのことだ。

　自分は意志が弱い、勤勉さが足りない、ユーモアが足りないなど
と悩み、自己嫌悪に陥る者は、いわば現実自己と理想自己のギャップ
に悩むわけだ。あるべき自分とはあまりにもかけ離れた現実の自分
に嫌悪がさすというのは誰にでもあることだ。きまじめな者は、この
ギャップがダメ人間の証明であると勘違いしてしまう。それが勘違い
であることは、ちょっと冷静に考えてみれば分ることだ。

　そもそも何のための理想自己か。現実自己を向上させるために、現
実自己より価値の高いところに設定したのが理想自己だろう。したが
って、両者にズレがあって当然と言える。現実自己と理想自己が完全
に一致し、現実の自分に何の不満もないという者こそ、かえって<u>怠慢</u>
<u>というものだ</u>。現実自己を少しでも向上させるためには、このズレは
なくてはならないものなのだ。

48　「<u>怠慢というものだ</u>」とあるが、どういう意味で怠慢なのか。
　　1　現実自己に嫌気がさし、理想自己のみ追求している点
　　2　現実自己を向上させることに努力している点
　　3　実現自己を肯定し、理想自己を追求しようとしない点
　　4　理想自己の価値を全く認めようとしない点

（４）

　目が見えないと、とにかく何でも触ってみなければ分からない。だから（注）いきおいで、触ってもみたいし、触れないとどんなに丁寧に説明してもらっても安心して分かったと思えない。実際、博物館の展示物や神社仏閣の建築、宝物なども、差し支えない範囲でなら触らせていただきたいと思う。人の言葉で色彩や色の説明を聞くよりも、たとえそれらの細かい様子が分からなくても、私には実物の感触を指で確かめたほうがずっとリアルではっきり分かった感じがするからだ。そんなわけで、私は小さいころから、とにかく何にでも触らされた。だが、いや、だからというべきか、私は触るということを、ある時期まであまり大切に考えていなかったかもしれない。分からないことをちょっとだけ分かるために触る。だから安全で上手に触ってさえいればよい。触って感触を確かめればすべての目的を達したような気分になる。分かったと納得したら、それで何の感情もなく終わってしまうのだった。

（注）いきおいで：大胆に。

49　「私は触るということを、ある時期まであまり大切に考えてい
　　なかったかもしれない」とあるが、その理由として最も適当な
　　ものは次のどれか。

　　1　触ってもおおよそのことしか分からないとあきらめていた
　　　から

　　2　筆者は触るだけで物の細かな様子まで分かることができた
　　　から

　　3　分かるために触ることは筆者にはあたりまえのことだった
　　　から

　　4　言葉で説明されたほうが触ることよりも分かりやすかった
　　　から

問題9　次の（1）から（3）の文章を読んで、後の問いに対する答えとして最もよいものを、1・2・3・4から一つ選びなさい。

（1）

　自分の顔の生な表情を見るということは、実際になかなかないが、わたしは自分自身を映画に撮ってみたことがある。数年前に、「十五日間」という実際的な映画を作ったが、それは十五日間毎日五分間ずつ自分を撮るという映画である。

　カメラを設置して、毎夜その日にあったことをカメラに向かって語るという仕方で撮ってみた。実際やってみて、自分の姿を（注1）スクリーンに映して、最初に見たとき、わたしは羞恥と、ほとんど驚愕と言ってよいような感情にたたき込まれたのだった。そのフィルムに記録された自分の姿を、わたしはいまだに自分の中にうまく定着させることができないでいるのだ。

　そばに他人がいない、つまり①他人にさらしていない顔の表情というものは、いかにつかみ難いものであるかよく分かった。そこには抑制されていない自分の気分の変化がかなりあらわに出ていた。変化ということから言えば、十五日間は実に劇的なのである。その映画の中で、わたしは②自分の表情を決めるために他人を求めていたといった具合なのである。他人を意識していないと、人間は恐ろしい空洞のようなつかみ所のない表情をして、気分を顔全体に発散させているようなのである。

こんなふうに考えてくると、人間の顔というのは（注2）造作には変化はなくても、時々刻々と変化しているものであるし、動いているものだと言える。

（注1）スクリーン：映画などの映像を映し出すために使う道具。

（注2）造作：ここでは形や様子という意味。

50 この自身を撮る映画について正しい説明は次のどれか。

1 数年間の年月をかけて、毎日5分間のみカメラに向かって語る自分自身を撮ったものである

2 その日の出来事を毎晩カメラに向かって5分間だけ語り、それを十五日間続けたものである

3 十五日の間、毎日カメラに5分間だけ、自分自身の姿を映し、素の自分を録画したものである

4 数年前に自分の生の表情を撮るために、毎日5分間カメラに向かってその日あったことを語ったものである

51 「①他人にさらしていない顔の表情」の内容について適当なものは次のどれか。

1 一人でいる時の顔を自分で見たり、想像することはできるが自作の映画でもそれが可能になったこと

2 一人でいる時の顔を自分で見たり、想像することはできないが自作の映画で抑制されている自分の顔を発見できること

3 一人でいる時の顔を自分で見たり、想像することはできないが
  自作の映画ででも、それは困難であったこと

4 一人でいる時の顔を自分で見たり、想像することはできない
  のにも拘わらず自作の映画でそのことができてしまったこと

52 「②自分の表情を決めるために他人を求めていた」の内容に
ついて適当なものは次のどれか。

1 自分の心の内を他人と分かち合うために、他人に自分の表情を
  決めてもらう必要があること

2 自分の心の内を他人に知られないよう、本当の気持ちを隠す
  ために表情を作る必要があること

3 他人がいることで、自然と心のうちにあるもの素直な気持ちが
  表情として現れること

4 他人がそこに存在することによって、はじめて表情を作ろう
  とする自分がいること

（２）

　「痛み」というのは、現実の傷が物理的にひきおこす感覚にとどまらず、いやそれ以上に心理的に増幅されて形成されるものなのだ。だから私たちは経験的に、世の中には「痛がり」の人間とそうでない人間がいることを、知っている。さらに少なくとも子どもに関すると、「痛がり」とは親が過保護であることと無関係でないのも①周知の通りである。

　他方、人間以外の動物はというと、「こんな大けがをして……。」と（注1）息をのむほどの傷であっても、一向に平気な風である。疾病の場合、ある時にばったりと絶命することが稀でない。その直前まで、徴候を私たちにつかませない。

　どうして②そういうことが起きるかというと人間以外の動物には物理的に発生する身体の痛みは存在しても、それを増幅する心の痛みがないからにほかならない。では、なぜ心の痛みは生じないかというと、（注2）ひっきょうそれが社会的産物であるから、ということに落ちつく。

　③人間における「痛い」という感覚は、本人が疾病や傷害を被ったことによって、当人自身に内的に自律的に発生する感覚として体験されるものがすべてではないのだ。むろんそれが核をなすと、みなすこと自体は誤りではない。ただそこに修飾が加わる。しかも修飾の方が全体としては大きな比率を占めるのが通常なのだ。

（注 1）息をのむほど：呼吸を忘れるほどに驚いたり感動したりする
さま。

（注 2）ひっきょう：つまり、結局。

53 「①周知の通り」とあるが、どんなことが周知の通りなのか。

1 「痛み」を経験したことがない子どもは、より「痛がり」と
なってしまうということ

2 人間の親が自分の子どもに対して、過保護であることは
当たり前であるということ

3 人間には「痛がり」の人もいれば、「痛がり」でない人も
いるということ

4 両親の過保護によって痛がる子供が現れてくるということ

54 「②そういうこと」とあるが、どんなことを指しているか。

1 動物は人間であれば耐えられるはずもないような痛みにも
平然としており、さも問題がないように振舞いながら死の
直前まで、それを悟らせないこと

2 動物は人間とは異なり、「痛がり」という感覚が弱いために、
例え大怪我をしたとしても、まるで平気なように行動する
ことができること

3 動物は痛みに対して平然とすることができるのは、自然の
中で生き残るために弱っていることを相手に悟らせない
ということ

4 人間は痛みの過程で「痛がり」を経験するが、動物は絶命する
　まで「痛がり」の感覚が現れないので、どんな疾病や怪我が
　あっても平気であるということ

55 「③人間における「痛い」という感覚」とあるが、これについて
説明したものとして最も適切なのは、次のどれか。
1 疾病や傷害によって自律的に発生する痛みが、現実には
　知覚していない社会的産物としての痛みにすり替わった感覚
2 他者の当事者への反応によって生み出される心理的な痛みと、
　ほぼ同時に発生し、それより大きな比率をもつ物理的な痛み
　の感覚
3 自律的に発生する肉体的痛みを大部分とし、そこに修飾
　されたものを加えた痛みの感覚
4 物理的に発生する身体の痛みと、他者によってもたらされ、
　それを増幅し、通常はより大きな割合を占める心の痛み
　という感覚

（３）

　僕は、高等学校時代、①妙な読書法を実行していた。学校の行き帰りに、電車の中で読む本、教室でひそかに読む本、という具合に区別して、いつも数種の本を平行して読み進んでいるようにあんばいしていた。まことにばかげた次第であったが、その当時の常軌をはずれた知識欲とか好奇心とかは、とうてい一つの本を読みおわってから他の本を開くというような悠長なことを許さなかったのである。

　だが、今日のように、思想の方向も多岐に渉って乱れ、新刊書の数も種類も非常に増して、読書の仕方とか方法とかについて戸惑っている多くの若い人たちを見るにつけ、僕は考えるのだが、自分が（注1）がむしゃらにやった方法などは、案外ばかげた方法ではなかったかもしれぬと。もしかしたら、読書欲に憑かれた青年には、最上の読書法だったかもしれないとも思っている。

　濫読の書ということが言われるが、こんなに本の出る世の中で、濫読しないのは低脳児であろう。濫読による浅薄な知識の堆積というものは、濫読したいという向こう見ずな欲望に燃えている限り、人に害を与えるような力はない。濫読欲も失ってしまった人が、濫読の害など（注2）云々するのもおかしなことだ。それに、僕の経験によると、本が多すぎて困るとこぼす学生は、大概、本を中途で止める癖がある。濫読さえしない。

②努めて濫読さえすれば、濫読になんの害もない。むしろ、濫読の一時期を持たなかった者には、後年、読書がほんとうに楽しみになるということも容易ではあるまいとさえ思われる。読書の最初の技術は、どれこれの別なく貪るように読むことで養われるほかはないからである。

（注1）がむしゃらに：ほかの事を無視してひたすらあることをするさま。

（注2）云々する：（うんぬんする）とやかく言う。

56　「①妙な読書法を実行していた」とあるが、どうしてそのような方法を取っていたのか。

1　学校でも電車でも僅かな時間も無駄にせず、出来る限り知識を得たいと思ったから

2　好奇心が旺盛で一つの本を読んでは、またすぐに新しい本を読みたかったから

3　自身の知識欲を満たすために、数種類の本を同時に読み進めたいと思ったから

4　多くの知識を得るためには、同時に数種類の本を読むことが良いと言われていたから

57 「②努めて濫読さえすれば、濫読になんの害もない」とあるが、ここではどういうことか。

1 濫読でも真剣に読むことによって得られるものもあれば、濫読する意欲というものは読書をする上で必要なものでもあるということ

2 濫読をすること自体には何の害もないが、特別に何かを得られるというわけでもないということ

3 濫読することによって得られる浅薄な知識は、決して役に立たないものではないので、濫読をすることは害にはならないということ

4 濫読することで、多くの知識が身に付き、また将来本を読む際の技術も身に付くので、良いこともあるが、同時に悪いこともあるということ

58 筆者がいいたいことは次のどれか。

1 数多くの本を読むということは濫読に繋がってしまうが、本が多い今の世の中ではその方法でしか読書の技術を身に付けることができない

2 読書を楽しむためには、まず苦しくても途中でやめたりせずに本の濫読をしてから、本当に濫読が良いのか悪いのかを論じた方が良い

3 現在のような本が溢れている世の中で、数多くの本を読む意欲というものは、読書の楽しむための技術を身につける最良の方法であろう

4 濫読をすることにより、読書の技術を身につけることが出来る
  が、浅薄な知識とならないためには読書の技術も覚える必要が
  ある

問題 10　次の文章を読んで、後の問いに対する答えとして最もよいものを、1・2・3・4から一つ選びなさい。

　昔、ある（注）能の名人が、将軍の前で、能をすることとなり、控えの部屋で待っていた。いよいよ将軍の前に出ることになり、呼び出しが来たのである。ところが、その芸術家は、「少し待っていただきたい。今日はこころいっぱい表してみたい松風の音の気分が、自分の中に湧いて来ないのです。」と言うのである。ところが、なかなかその松を吹くあの美しい風の音が彼の胸中に湧いて来ない。そしてついに将軍の機嫌をすっかり損なってしまったのであった。

　この芸術家は、二つの意味で、かわいそうである。二つの意味で、自由を求めているのである。一つは、自分の中に、いつも自信満々とやれる「あの自分」が、自分の中で巡り合えないのである。探しても、呼んでも、現れてくれないのである。その意味でかわいそうな、自由を失った人なのである。

　第二の意味では、彼は、その自分を、思ういっぱい探し求める自由な社会に生きていないのである。自分が食べるためには、また自分の舞に、鼓（つづみ）を打ったり、太鼓を打ったりしてくれる多くの人々と、その家族を食べさせるには、芸術としては、忍ぶべからざる恥をも、忍ばなければならないようなことが起こるのである。<u>ばかばかしいと思う</u>

ようなこともしなければならない。ここに第二の不自由と、気の毒さがあるのである。

せんだって、ある音楽家に、国会図書館で、ヴァイオリンを弾いてもらったとき、「ちょうど、出演する十分前に館に着くように車を寄こしてくれないか。」と、その音楽家のお母さんが言われるのである。二十分も緊張して待っていては固くなるし、また行ってすぐでは、心構えが整わないという意味なのであろう。これを聞いて、深い芸への真剣さに打たれたのであるが、自分の日常を顧みて、この真剣さなくしては、生きているとは言えない、本当の生きている自分を探し求めてなくては、生きているとは言えないと深い感動を受けたのである。

この探し求めることの自由、そして探しえたときの「ああこれだ。」と言える満ち足りたこころ、これがみんな、芸術家の持つ、自由へのもがきから生まれるのである。本当の自分に巡り合ったという自由への闘いなのである。

この境地を、芸術の美しさを求める苦しみと言うのである。人々は、その芸を見、聞いて、その芸術家を打ったものが自分に伝わり、また、芸に打たれるのである。

（注）能：日本の伝統芸能である能楽の一分野。能面を用いて行われる。

59 筆者は、ある能の名人の例をあげて、自由を失った芸術家が
自由を求める状態を説明しているが、失われた自由とはどの
ようなものか。

1 伝統にとらわれないで新しい芸術を創造する自由と、古い
しきたりに縛られることのない身分的な自由

2 表現したい内容についてだれからも制限を受けない自由と、
自分の力だけで生活ができる経済的な自由

3 自分の思うままの生活ができることの自由と、自分が表現
したいのは何かを考えられる精神的な自由

4 自分なりに演じようとする自分の心の自由と、自分の心の
自由を追求することができる社会的な自由

60 「ばかばかしいと思うようなこともしなければならない」と
あるが、どうしてそのようなことをしなければならないのか。

1 舞で自分自身を食べさせていくことはできるにもかかわらず、
鼓や太鼓の打つ人の家族の心配までしなければならないとい
うこと

2 芸術は本来自分自身を満足させるために存在するはずが、
周りの環境によってその自由が奪われてしまい、他人の
ために存在する芸術となってしまったということ

3 自身とその周囲の人々が生活するために、芸術としてたとえ
満足できないものであっても、それを耐え忍んで披露しなけ
ればならないことがあるということ

4　自身と家族とを食べさせるために、やりたくもない芸術を
　　やらされるという行為は恥ずべき行為で、それを忍びながら
　　舞をするのは苦痛であるということ

61　国会図書館で演奏しようとした音楽家の母親の言葉を聞いて、
　　筆者が感動したのはなぜか。
　　1　しっかりした心構えを保つには、時間を大切にすることが
　　　　必要だと考えさせられたから
　　2　今までのやり方を大事にしながら、同時に新しい美しさを
　　　　求める姿勢を見せられたから
　　3　いつでも同じ演奏ができるようにと、絶えず緊張した
　　　　態度で臨むことに驚かされたから
　　4　自分が求める美しさを表現するために、常に自分と闘う
　　　　芸術家の一面を知らされたから

62　筆者がいいたいことは次のどれか。
　　1　芸術家が自身の芸に対するこだわりや姿勢は、われわれが
　　　　日々暮していく中でも同じことをするので、そのような
　　　　芸にこそ人々は感動を覚えるのである
　　2　芸術家は今も昔も常に自由を求めながら、それと向き合い、
　　　　もがき苦しみながら自身の芸を表現してきたのである
　　3　現代の芸術家は昔の芸術家と異なり、出演の自由があり、
　　　　心構えが整った好きなときに好きなように、舞台に立つ
　　　　ことができるのである

4 芸術家とは不自由を感じながら生きているもので、常に自由を求めるために戦い、時には苦しみ自分を見失うこともあるのである

問題 11　次の A と B の文章を読んで、後の問いに対する答えとして最もよいものを、1・2・3・4 から一つ選びなさい。

A

　票に繋がる高齢者優遇政策ばかり作らず、子供にもっと投資をすれば良いのにと思います。

　何故なら今後高齢者を支えるのは今の子供達の世代です。今の子供達の税金が高齢者の福祉をまかなうことになるのです。であれば、現時点で将来税金をおさめてくれる子供達は金の卵とでも言えるべき存在です。その金の卵にも関わらず一票という政治を動かす仕組みをもっていないがために、後回しにされています。

　子供達が将来にわたり、一生のうちに収めるであろう税金の額は数千万に及ぶと思います。しかも子育てしていない独身者が今の子供達に支えてもらうのです。子供達に投資した親だけでなく、投資していない独身者も子供達の背中にただ乗りするように印象を受けるのは私だけでしょうか？であればそのうちの1千万程度は教育資金として投資し、将来の収入が増える手助けをすることが理に適った税金の使い道だと私は思います。子育て世代の優遇策をもう少し考えても良いと思うのですがいかがでしょうか？

B

今の社会は、大人たちが働いて成り立っています。

成人した大人たちが、さまざまな分野で実績を挙げて、よりよい商品やサービスが生まれています。社会を支えているのは、もちろん大人たちが主役です。しかし、大人ばかりが主役ではありません。これから主役になるであろう存在を忘れてはいけません。

それが「子供」です。時代の先を読むヒントは、子供です。また、時代を作るキーワードも、子供です。今の子供たちが成長して大人になり、いずれ社会に出て働くことになるからです。

もし、未来をよくしたければ、子供たちの教育には徹底的に投資することです。

子供の教育に力を入れれば、知的な大人たちが増えることでしょう。心の温かい子供が育てば、思いやりのある大人たちが増えるに違いありません。子供のしつけをしっかりすれば、マナーを守る未来がやってくるはずです。まさに子供への投資は、未来の投資なのです。

63 AとBが共通して述べていることは何か。

1 現状重視ではなく、将来的な視点を持ち、優秀な子供に
   投資をしていくべきである

2 現在の社会を支えているのは子供ではなく大人である
   ことは明白である

3 より良い社会を目指すためには、子供に対する投資を
おろそかにしてはいけない

4 会社の主役である大人を支えているのは子供である
ことを忘れてはいけない

64 子供について、AとBはどのように見ているか。

1 Aは利用価値が少ないものと見ているが、Bは時代の先を
読む中心だとしている

2 Aは高齢者の未来を支えるものとしているが、
Bは社会での労働力だと見ている

3 AもBも子供を重視しているが、主役は大人であるとしている

4 AもBも大人の将来は子供の成長にかかっているとしている

問題 12　次の文章を読んで、後の問いに対する答えとして最もよいものを、1・2・3・4から一つ選びなさい。

　より正確な視野の獲得、それは言うのは簡単であるが、実際にはこれほど難しいことはない。それを可能にするためには、様々な立場からの人々の対話によるしかないであろう。明治初期の日本人が、無理に無理を重ねて、（注 1）鹿鳴館を作り、（注 2）舞踏会を行っても、それがヨーロッパ人から見て、ただ滑稽な姿でしかなかったということは、そうした西欧人の指摘がなければ、意識化されなかったかもしれない。とすれば、①彼らの厳しい指摘は意味があった。他方、そうした指摘は、彼らのヨーロッパ中心主義を、ヨーロッパの美的基準を、問いなおしてはいないとも言える。なぜそうした無理を重ねて、ヨーロッパ文化を取り入れようとしているのかという問題を、単に非ヨーロッパ人の側の問題としてしか捉えていない。それをヨーロッパからの非ヨーロッパへの強制という枠組みのなかで捉えなおさなければ、そうした強制を受けた側の心理は結局見えてこない。②そこではヨーロッパ人のすでに持っていた、アジア人に関する観念がただ強化されたにすぎないであろう。

　結局、それぞれの指摘がそれぞれの立場から行われ、それぞれの立場がお互いの視点を取り込む形で深められていかなければ、より正確な視野は現れてこないと言えるだろう。真実は、多分、すべて

の人の外部に客観的に存在するというよりは、そうした議論の緊張の中に現れる関係性として一時的に存在するのではないか。とすれば、日本、あるいはアジアがそうした議論の相互作用の運動に参加することは、当然行わなければならない国際的義務なのである。

　それはヨーロッパのことをもはや学ばなくていいと言っているのではない。他者の言葉を理解すること、それはコミュニケーションの最低限の成立条件である。ただ、他者の言葉を理解するだけで、自己の言葉を発しないことは、悪くすれば、議論の場に加わらない消極的な、時に秘密保持の態度ともとられるだろうし、良くいっても、自己の外部に学ぶべき客観的な、固定的な真実があるということを前提にしていると言える。もしすべての人が是認する真実が外部にあるとすれば、③それをまず学べばよいのであって、それを疑い、それを議論することが必要だという考えには至らないであろう。しかし、今日の世界において必要なことはまさに相互作用的な議論のやりとりであって、その際それぞれの個人の視界を論理的な言葉で表現することが要求されているであろう。その時にまたそれをすべて個人の問題に還元するだけではなく、個人を超えた集団の問題としても捉え直す必要があるだろう。それが日本という既存の政治体制の枠と一致するかどうかは別としても、ただ④文化的な差を個人の問題に還元して議論を終えてしまうのはより正確な視界を提示したことにはならないだろう。

（注1）鹿鳴館：明治初期の国際的社交場として建てられた洋館。

（注2）舞踏会：ここでは、鹿鳴館のダンスパーティー。

65 「①彼らの厳しい指摘は意味があった」とあるが、それはなぜか。

　1 明治の日本人が鹿鳴館を作り、舞踏会を行ったとしても、
　　それだけでは西欧人と同じにはなれないことがわかったから

　2 西欧人の厳しい指摘によって、日本人の滑稽な姿が分かり、
　　無理に無理を重ねるのではなく、もっと自然に西欧人に
　　近づけたから

　3 日本人がいくら無理をして頑張っても、西欧人には決して
　　勝つことができないということが理解できたから

　4 厳しい指摘をされたことによって、日本人と西欧人が
　　異なっているということを意識することができたから

66 「②そこでは」とはどういうことか。

　1 非ヨーロッパ人の問題に対して、ヨーロッパ人は自分達の
　　視点や立場からでのみ物事を判断すること

　2 非ヨーロッパ人が問題を解決しようとする際に、ヨーロッパ
　　人の視点から問題を捉えて解決しようとしていること

　3 問題が起きた際には、すべてのヨーロッパ人の考えが正しく、
　　ヨーロッパ中心主義に対して従わなければならないこと

　4 問題が起きた際には、その問題に対する判断や解決を、
　　非ヨーロッパ人がするのではなく、ヨーロッパ人がする
　　ということ

67 「③それ」とは、どういうことか。

　1 外部に存在する学ぶべき真実の物事

　2 コミュニケーションをとるための言葉

　3 客観的な真実の存在の有無

　4 疑うべき問題や疑問

68 「④文化的な差を個人の問題に還元して議論を終えてしまうのはより正確な視界を提示したことにはならないだろう」とあるが、それはどうしてか。

　1 物事や問題を捉える際には、さまざまな視点からでしか問題の本当の姿が見えてこないので、正確な視野を求めるためには個人の視点が大切であるから

　2 個人の視点より集団の視点を議論することによって、はじめて問題がはっきり見えてくるので、問題は常に集団の視点で捉えることが必要であるから

　3 個人的な視点も大切だが、その個人的な問題を集団の問題として捉えなおすという行動にこそ、問題をより正確に提示したということになるから

　4 個人的な視点よりも、集団的な視点のほうが、より正確な視点であるので、個人的な視点で問題を解決するのはよくないから

問題 13　下のページはパシフィック映画グループが主催する「パシフィック映画コンクール」の作品募集の案内です。張さんは、今回このコンクールに応募しようと思っています。下の問に対する答えとして最もよいものを、1・2・3・4から一つ選びなさい。

69　張さんが制作した作品のうち、応募できるものはどれか。

1　3年前に中国語で制作した100分のドキュメンタリー映画

2　去年中国語で製作した60分のドラマ映画

3　8年前に日本語で製作した80分のドラマ映画

4　4年前に日本語で製作した120分のドラマ映画

70　優秀賞に入賞した作品はどうなりますか。

1　賞金100万円が与えられ、映画館で上映される

2　賞金200万円とトロフィーが与えられ、インターネットで公開される

3　賞金50万円とトロフィーが与えられ、映画館で公開される

4　賞金50万円が与えられ、インターネットで公開される

パシフィック映画コンクール　作品募集

部門　ドラマ部門　ドキュメンタリー部門

募集期間　2010 年 3 月 1 日〜3 月 30 日

審査員　山田海次（映画監督　野中幸太郎（プロデューサー）

　　　　高野建（俳優）

応募規定　**ドラマ部門**

　　　　① 15 分以上 90 分以内の未発表作品。

　　　　② 5 年以内に製作されたものに限ります。

　　　　③ 外国語作品の場合は日本語字幕をつけてください。

　　　　ドキュメンタリー部門

　　　　① 10 分以上 60 分以内の未発表作品。

　　　　② 5 年以内に製作されたものに限ります。

　　　　③ 外国語作品の場合は日本語字幕をつけてください。

　　　　※　応募作品は各部門 1 人 1 点に限ります。

応募方法　当事務局ホーページより応募用紙をダウンロードの上必要

　　　　事項を記入し、作品とともに応募先へ郵送してください。

　　　　送付費用は応募者負担となります。作品の返却は行いません。

応募・問合せ先　パシフィック映画コンクール事務局

　　　　〒108-5784 東京都中央区堀之内 3-1-47 立山ビル 8F

　　　　TEL　03-3578-7776　FAX　03-3578-6667

　　　　ホームページ　http:/www.facificmovie.co.jp

賞　パシフィック賞　各部門１点　賞状および副賞

（賞金200万円・特製トロフィー）

対象作品は、12月よりパシフィックグループ映画館にて上映。

優秀賞　　　各部門２点　賞状および副賞（賞金50万円）

審査員賞　　各部門３点　賞状および副賞（賞金10万円）

対象作品は12月より１ヶ月間上記ホームページ内でオンライン配信。

審査結果　当事務局ホームページ上に８月１日に発表します。受賞者には当事務局より直接通知します。審査内容については一切お答えすることはできません。

著作権・使用権　作品の著作権は製作者本人に帰属します。作品内で他者の著作物を使用している場合、製作者本人の責任において、使用許諾を得てください。

主催　パシフィック映画グループ　毎朝新聞社　東京中央放送

>> 簡 易 估 算 表 <<

1. 第一部分：文字.語彙.文法

第一部分之合計總分為 60 分 (最低合格門檻 19 分)

按比率計算：第一部分得分 Ⓐ[　　　]分 × 60 ÷ 76 ＝ [　　　]分

	答對題數	每題配分	得 分
問題 1		1 分	
問題 2		1 分	
問題 3		1 分	
問題 4		2 分	
問題 5		2 分	
問題 6		2 分	
問題 7		3 分	
合 計			Ⓐ

----

2. 第二部分：読 解

第二部分之合計總分為 60 分 (最低合格門檻 19 分)

按比率計算：第二部分得分 Ⓑ[　　　]分 × 60 ÷ 75 ＝ [　　　]分

	答對題數	每題配分	得 分
問題 8		3 分	
問題 9		3 分	
問題 10		3 分	
問題 11		3 分	
問題 12		3 分	
問題 13		3 分	
合 計			Ⓑ

第二回 答 案

題號	1	2	3	4	5	6	7	8	9	10
ANS	2	2	3	4	2	3	2	3	2	2

題號	11	12	13	14	15	16	17	18	19	20
ANS	1	1	2	4	3	2	3	4	4	4

題號	21	22	23	24	25	26	27	28	29	30
ANS	4	3	2	4	2	1	1	2	3	2

題號	31	32	33	34	35	36	37	38	39	40
ANS	4	1	3	3	1	4	4	2	3	4

題號	41	42	43	44	45	46	47	48	49	50
ANS	4	3	2	3	1	2	3	3	3	2

題號	51	52	53	54	55	56	57	58	59	60
ANS	4	4	4	1	4	3	3	3	4	3

題號	61	62	63	64	65	66	67	68	69	70
ANS	4	2	3	4	4	1	1	3	2	4

**第二回 重組練習題 ANS

（36）3-2-4-1　　（37）3-1-4-2　　（38）4-3-2-1

（39）2-1-3-4　　（40）2-4-3-1

第 三 回

問題1-4影音解析

>>> 言語知識（文字・語彙）<<<

問題1 ＿＿＿＿のことばの読み方として最もよいものを、
1・2・3・4から一つ選びなさい。

1 まずそもそもなぜこのような<u>杜撰</u>なドキュメントを
作品にしたのか理解に苦しむ。
1 しょうさん　　　2 しざん　　　3 ずさん　　　4 とさん

2 <u>便宜</u>を図った見返りに現金200万円の授受があったとして、
その議員が逮捕された。
1 へんき　　　　2 べんい　　　3 べんき　　　4 べんぎ

3 身体が<u>健やか</u>になれば、おのずと心の均衡も保て、はつらつ
とした元気な毎日が送れます。
1 すこやか　　　　　　　2 しとやか
3 なごやか　　　　　　　4 あざやか

4 これは今年四月に施行された地方分権一括法に<u>則る</u>ものである。
1 はかどる　　　　　　　2 ののしる
3 のっとる　　　　　　　4 うずくまる

5 学者らによって、著作、論文集、雑誌論文の形で夥しい文献が
世に出るようになった。
1 うらやましい
2 おびただしい
3 わずらわしい
4 かんばしい

6 京都にある和菓子の老舗よりお歳暮の贈り物に最適な
おいしい和菓子をお届けします。
1 ろうぼ　　　　2 ろぼ　　　　3 にしせ　　　　4 しにせ

問題2 （　　）に入れるのに最もよいものを、1・2・3・4から一つ選びなさい。

7 入学式が終わったらすぐに、留学生向けの（　　）がありますから、必ず参加してください。

1 コミュニケーション

2 オリエンテーション

3 リハビリテーション

4 アプリケーション

8 梅雨の時期は、毎日雨が降るので（　　）。

1 あっけない　　　　　　　2 うっとうしい

3 みっともない　　　　　　4 そっけない

9 コンビニ強盗の犯人は、身長180センチで（　　）した体格だという。

1 がっくり　　　　　　　　2 がっしり

3 かっちり　　　　　　　　4 がっかり

10 彼は大学生のわりに、語彙が（　　）だ。

1 貧困　　　　2 貧苦　　　　3 貧乏　　　　　4 貧相

11 国民を（　　）今の政治に不満を持っている人が多い。

1 あざむく　　　　　　　　2 あつらえる

3 あやぶむ　　　　　　　　4 あやしむ

12 おふとんをお日様にほしたら（　　）になりました。

1 かちかち　　　　　　　　2 だらだら

3 ふわふわ　　　　　　　　4 ひらひら

13 少子化に（　　）をかけるにはどうすればいいのか。

1 鍵　　　　2 歯止め　　　3 防御　　　　4 支援

問題3 _____に意味が最も近いものを、1・2・3・4から 一つ選びなさい。

14 ここは、交通のかなめになる所だ。

1 渋滞　　　　2 便利　　　　3 肝要　　　　4 複雑

15 日銀にとってははなはだ不本意な決定だったことだろう。

1 まるっきり　　　　　　　2 とっくに

3 なにかと　　　　　　　　4 いたく

16 新聞記者が、現地で関係者に取材を行いました。

1 シンプル　　　　　　　　2 ソムリエ

3 リスナー　　　　　　　　4 インタビュー

17 困っているときには、あれこれとえりごのみなどしている

余裕はない。

1 きれうずき　　　　　　2 すききらい

3 たべずぎらい　　　　　4 すきこのみ

18 間違い探しは僕の手に余るので勘弁してください。

1 うけもつ　　　　　　　2 ひきかえす

3 もてあます　　　　　　4 あてはまる

19 てれ性もあった私は、他人行儀という形でしか十三歳の娘に

手紙がかけなかったのだろう。

1 てれくさい　　　　　　2 ひにく

3 よそよそしい　　　　　4 ひきょう

問題4　次の言葉の使い方として最もよいものを、1・2・3・4から一つ選びなさい。

20 結束

1「よき明日のために」とこの議員は結束をつけた。

2 社長は乾杯の音頭をとってから、会議の結束をした。

3「お互い頑張っていきましょう」と、仲間同士の結束を強めた。

4 いろいろな面からこの企画を通す結束性を評価する会議が

行われた。

21 **単なる**

1 彼は恋人でも何でもない<u>単なる</u>友人だ。

2 彼にとって、私は<u>単なる</u>だ。

3 <u>単なる</u>主婦は今の暮らしに満足しているようだ。

4 1月1日より、<u>単なる</u>通貨を市中に流通させることが決まった。

22 **おのずから**

1 <u>おのずから</u>の能力を鍛えたいし、将来の仕事に生かしたいと思っている。

2 自分の仕事は<u>おのずから</u>やるべきで、他人にやってもらってはいけない。

3 <u>おのずから</u>お金を寄付したことを自慢している。

4 名句のよさと巧みさに感心して<u>おのずから</u>脳裏にとどまってしまう。

23 **正体**

1 字の<u>正体</u>は先生の説明どおりにやってください。

2 <u>正体</u>の木村さんのことだから、遅刻したりするまい。

3 今度の金融危機は<u>正体</u>経済に悪影響に与えている。

4 人々の驚くべき<u>正体</u>とはなにか、みんな楽しみにしていた。

24 来る（きたる）

　1　今度中国から一億円の膨大な義援金が来る。

　2　遠くから親戚がここに来たった。

　3　来る四月一日に開業することになった。

　4　今日はわざわざ来たってくれてありがとう。

25 さばさば

　1　さばさばと仕事を片づけなさい。

　2　試合に負けてもさばさばしている。

　3　急ぎ足でさばさばと歩く。

　4　人をさばさばと見るのは失礼だ。

NOTE

第 三 回

問題5-7影音解析

>>> 言語知識（文法・読解）<<<

問題5 次の文の（　　）に入れるのに最もよいものを、
1・2・3・4から一つ選びなさい。

26 人事課の山田は（　　）何も手伝ってくれない。

1 文句をいうばかり言って

2 文句をいうだけ言って

3 文句をいうほど言って

4 文句をいうのみ言って

27 二つの条件も（　　）に越したことはありません。

1 備われば備わるほど

2 備わっていればいる

3 備えれたら備えるだけ

4 備えようにも備えない

28 何もしなくても彼はリンカーンによく似ているが、もう少し
ひげを伸ばし（　　）リンカーンそっくりになる。

1 とあれば　　　　　　　2 とあって

3 でもすれば　　　　　　4 ともなれば

29 急いでいるので（　　　）話してください。

　　1 ぞんざい　　　　　　　　2 おろそかに

　　3 おおまかに　　　　　　　4 やけに

30 資料をいろいろとあつめてよく調べて（　　　）、まだ間違いが
あるかもしれない。

　　1 書いたつもりですが

　　2 書くことは書いたが

　　3 書くともなれば

　　4 書くならさておき

31 ファン達は有名な俳優の到着を（　　　）と待っていた。

　　1 いまかいまか　　　　　　2 いまだに

　　3 いまや　　　　　　　　　4 いまさら

32 ヨーロッパにおいては、アルファベットを使っていて
アルファベットは原則として（　　　）というのだ。

　　1 一字に一音で表す

　　2 一字で一音を表れる

　　3 一字が一音を表す

　　4 一字が一音に表れる

33 「京都って、不思議な町ですね。」

「ええ、超近代的なビルがある（　　）、隣には古い寺が

建っていますね。」

1 かと言ったら　　　　　　2 ととなると

3 かといって　　　　　　　4 かと思えば

34 「もしもし、ビールを二ダース届けてください。」

「恐れ入りますが、電話でのご注文は（　　）。」

1 お受けできませんが

2 お受けにあずかりますが

3 お受け願えませんか

4 お受けになりませんが

35 五メートルもあろう大きな樹木が何本（　　）並んでいる

この庭が大好きだ。

1 という　　　2 たりとも　　　3 となく　　　　4 とは

問題6　次の文の＿★＿に入る最もよいものを、1・2・3・4 から一つ選びなさい。

36 企業があらゆる面についての情報を山のように積み上げ、それを

苦心して分析に ＿＿＿＿ ＿＿＿＿ ＿★＿ ＿＿＿＿ しない。

1 夢想だに　　　　　　　2 新しい事業を始めることは

3 分析を重ねる　　　　　4 ことなしには

37 この月刊誌を読んでいけば、少なくとも体制内部で ＿＿＿＿＿
＿＿＿＿＿ ＿★＿＿ ＿＿＿＿＿ 入手することができる。

1 情報を 　　　　　　　　　2 好ましからざる

3 ことについての 　　　　　4 くわだてられている

38 異例ずくめといわれた ＿＿＿＿＿ ＿＿＿＿＿ ＿★＿＿ ＿＿＿＿＿
25歳の青年はそのときはすでに55歳になっていた。

1 あゆんだ 　　　　　　　　2 長い道のりを

3 無罪までの 　　　　　　　4 この事件で

39 自分の表現態度なり読み手に与える ＿＿＿＿＿ ＿★＿＿ ＿＿＿＿＿
＿＿＿＿＿ どの形かを決定するのである。

1 を 　　　　　　　　　　　2 書き手は

3 考慮して 　　　　　　　　4 印象なり

40 宗教が完全に姿を消してしまうというところ ＿＿＿＿＿ ＿＿＿＿＿
＿★＿＿ ＿＿＿＿＿ 宗教的な感覚が薄らぎ始めていることは
事実である。

1 にしても 　　　　　　　　2 行っていない

3 までは 　　　　　　　　　4 現代人の生活から

問題7 次の文章を読んで、文章全体の趣旨を踏まえて、（41）から（45）の中に入る最もよいものを、1・2・3・4から一つ選びなさい。

　仕事柄、社交的でにぎやかに過ごしていると思われがちですが、子どもの頃から、誰とでもすぐにうちとけられるという性格ではありませんでした。

　アナウンサーになったばかりの頃はどうすれば良い雰囲気を作り出せるのだろうかと悩みましたね。　41　、友人ができました。新聞記者である彼女とは、同じくスポーツ担当として、野球場の取材現場でよく顔を合わせていたんです。

　現場に足を運んでも、なかなか簡単には話ができない。それでも　42　のが私の仕事です。そのためには選手とどう向き合えばいいのか、そもそも人とすぐにうち解けられない私にとっては、むずかしい問題でした。

　ある日、彼女と話する機会があったんですね。すると彼女も同じように悩んでいました。

　テレビの場合、カメラに映る選手の表情や口調などからその人が何を考えているのか、視聴者に感じ取ってもらえる場合もあります。でも、新聞の場合、読者に伝える手段は文章しかないので、よりいい記事を書くためには選手に深く深く切り込んでいかなくちゃいけない。

その苦労は私以上でした。

　同様の悩みを持つ者同士、共感できたのはもちろん、私はバリバリ仕事をしている彼女の素顔にふれてうれしかった。それは彼女のほうも　43　、以来、ふたりの距離はぐっと縮まりました。

　自分をさらけ出せば、相手も心を開いてくれる。お互いにそれができてこそ、一緒にいて心から「楽しい」と思える関係になれるのだということを、彼女との出会いで実感しました。それは仕事でも同じで、相手とすぐにはうち解けられなくても、誠意を持って接すれば　44　んですよね。

　自分自身のことを考えても、心を開いて話せる人というのはどこか、こちらの気持ちを受け止めてくれるような雰囲気を持っているんです。　45　聞き上手、というのでしょうか。私もそんな包容力を身につけたい。まずは相手の話をきちんと聞くように心がけています。

41

1　こんなときでさえ

2　そんな場合にも

3　そんなあるとき

4　あるこんな日に

42

1 相手に楽しんでもらう

2 相手にうちとけてもらう

3 相手の生活に干渉する

4 相手の本音を聞きだす

43

1 同じであるように

2 同感であったため

3 同感したことに

4 同じだったようで

44

1 心を開かせてもらえる

2 楽しい仕事をさせてくれる

3 楽しい仕事をしてもらえる

4 心を開いてもらえる

45

1 ところで　　　2 だから　　　3 それでも　　　4 いわゆる

NOTE

問題8　次の（1）から（4）の文章を読んで、後の問いに対する答えとして最もよいものを、1・2・3・4から一つ選びなさい。

問題8.9影音解析

（1）

　根が貧乏性なのだろうか。冷暖房のたぐいがいっさいきらいである。暑さ、寒さに強いというのではない。むしろ、人一倍弱い。それなのに冷暖房を拒否するから、夏は暑さで（注1）げんなりし、冬は寒さでふるえることになる。冷房で妥協できるのは（注2）ウチワまでで、扇風機となるともう不愉快である。クーラーとなると、考えただけで<u>ゾッとする</u>。暖房にはかなり妥協できる。一、二月には六畳用の石油ストーブで十八畳の空間を暖めるくらいのことはする。しかし、寒さを忘れるような暖め方はしない。この原稿を書いている状態も、足先をアンカで暖め、下半身を毛布でくるみ、首にはマフラーというスタイルである。

（注1）げんなり：とても疲れている様子。

（注2）ウチワ：手で持って風を起こす道具。

46　「<u>ゾッとする</u>」とはここではどのような意味か。

　　1　クーラーを付けた時の寒さに身が震えてしまうこと

　　2　クーラーを付けるとお金がとてもかかるので付けたくないこと

　　3　扇風機でも充分なので、クーラーでは寒くて震えてしまうこと

　　4　扇風機でも嫌いなのに、クーラーがあると思うと怖くなること

（２）

　「幸福な日々の連続くらい耐え難いものはない。」と（注）ゲーテは言っている。耐え難いものが「幸福」であるわけはないから、この言葉は矛盾している。けれどもそれは、我々の「実感」に奇妙に訴える真実性を持っている。

　これは我々が「幸福」という観念について、いつも無意識に自己欺瞞を行っているからではないか。

　我々はふつう幸福を、欲求の満足された状態であると思い込んでいる。我々がふだんそう思っているだけではなく、社会科学や社会政策や社会運動の理論や実践のうちの多くのは、このことを暗黙の前提としてなされている。そこでの「幸福」のイメージはいわば、行為の後に来る、到達されるべき状態としての満足感であり、ある均衡の回復に伴う静的な幸福感である。

（注）ゲーテ：ドイツの詩人、劇作家、博学者。

47　「暗黙の前提」とあるが、何が暗黙の前提なのか。
　　1 幸福は欲望を満たされた心の状態であるということ
　　2 自己を無意識に欺瞞して満たされた幸福状態
　　3 社会におけるいろいろな言動や理論が満足されること
　　4 目的に達成した後の満足感と深い充実感

（3）

　近頃、学校で英語やフランス語を何年も勉強しても、一向に使い物にならないという非難をよくきくが、本当は、実際の生活場面を離れ、しかも日本人の先生が相手で、会話が上手になったり、手紙が巧く書けるはずもないし、またその必要もないのである。

　それよりも、ことばというものが、世界をいかに違った角度、方法で切りとるものかというような問題を、学生が理解するようになることの方が、遥かに意義があり、しかもどこでも、誰にでもできることなのである。ただ残念なことに、外国語の実際の教授の場で、今迄はこの点が意外に省みられていなかったにすぎない。

48　「この点」とは何を指しているか。
　　1　実際にその言葉を使用する国に赴き、当地の人々と実会話をすること
　　2　言語の能力を上げるのには、ネイティブの教師の存在が必要だということ
　　3　単純に言語のスキルを上げるのだけでなく、言語そのものについて知ること
　　4　日本人の教師では外国語の会話も手紙を書くことも上達させるのは難しいこと

（４）

　真上に投げたのならとにかく、横へ投げ出した（注1）板切れが飛んで戻ってくるというのは、何とも不思議である。これがブーメランで、出現は有史以前というから古い。特にオーストラリア先住民の間で広く使われていた。変わった動きをする理由にまず「くの字」形をした腕木の構造があげられる断面が飛行機の翼と同じく上面が凸、下面が平らという形状なので、投げたときに始まる回転運動により（注2）揚力を発生しながら飛んでいく。

　回ると同時に（注3）ジャイロ（コマ）の効果も現われるから、これらの力が作用し合って複雑で面白い飛び方をする。現代のスポーツ用ブーメランでは、最高時速一〇〇キロ、滞空時間は三分に近い記録があるという。最近はカラフルな樹脂材料を利用して、多翼・変形のブーメランがたくさんつくられている。多翼化が進むと円盤に近づいてフリスビーになるが、フリスビーはフワリと浮くように飛んでもブーメランのように戻らない。

（注1）板切れ：木片。
（注2）揚力：何かを空へ上昇させることができる翼が作る力。
（注3）ジャイロ：コマのように軸の周りで回転すること。

49 ブーメランとフリスビーの違いについて述べられているがその
違いはどのように説明されているか。

1 ブーメランは戻ってくるがフリスビーは戻ってこない

2 ブーメランは木製だがフリスビーは樹脂で作られている

3 ブーメランは「くの字」が基本形だがフリスビーは多翼である

4 ブーメランは回転するがフリスビーは回転しない

問題 9　次の（1）から（3）の文章を読んで、後の問いに対する答えとして最もよいものを、1・2・3・4から一つ選びなさい。

（1）

　現代の西洋社会でも、孤立感を克服するもっとも一般的な方法は、集団に同調することである。集団に同調することによって、個人の自我はほとんど消え、集団の一員になりきることが目的となる。もし私がみんなと同じになり、ほかの人とちがった思想や感情をもたず、習慣においても服装においても思想においても集団全体に同調すれば、私は救われる。孤独という恐ろしい経験から救われる、というわけだ。

　独裁体制は人々を集団に同調させるために威嚇と脅迫を用い、民主的な国家は暗示と宣伝を用いる。たしかにこの二つのシステムのあいだには一つの大きなちがいがある。民主主義においては、集団に同調しないことも可能であり、実際、同調しない人がまったくいないわけではない。いっぽう全体主義体制にあっては、服従を拒むのはごく少数の特別な英雄とか殉教者だけだろう。しかし、こうした違いにもかかわらず、民主主義社会においても、ほとんどすべての人が集団に同調している。

　なぜかというと、いかにして合一感を得るかという問いには、どうしてもなんらかの答えが必要なので、ほかに良い方法がないとなると、

集団への同調による合一がいちばん良いということになるのだ。孤立したくないという欲求がいかに強いかが理解できれば、ほかの人と異なることの恐怖、群れからほんのわずかでも離れる恐怖の大きさが理解できるだろう。しばしば、「集団に同調しないことの恐怖は、同調しないと実際に危ない目に遭うかもしれないという恐怖なのだ」ともっともらしく説明される。だが実際には、すくなくとも西洋の民主主義社会では、人びとは強制されて同調しているのではなく、みずから欲して同調しているのである。

50 筆者の考えでは、集団に同調するとどうなるのか。

1 集団に同調することによって、個人ではなく集団を重視することになるので、個人の思想等は消え、多くの集団の思想を共有できるようになる

2 集団に同調することによって、すべての人が同じになり、差別されることもなくなり、個人の思想を内心に持ちつつ、孤独を感じることもなくなる

3 集団に同調することによって、個人の自我というものがなくなってしまうが、集団との一体感を得ることで、孤立感を忘れることができる

4 集団に同調することによって、個人の思想や感情といった大切なものが失われてしまうが、集団の一員として共通の目的を見出すことができるようになる

51 「こうした違い」とあるが、ここではどういうことを指しているか。

1 民主主義社会における同調の選択権

2 全体主義における強制的な同調

3 集団への同調に対する選択の自由

4 集団への同調と服従を拒む権利

52 筆者が最もいいたいことは次のどれか。

1 どんな体制であろうと人間とは孤立を嫌う集団的生き物で、建前では同調しない恐怖が存在するものの、本音では自らすすんで同調をしているものである

2 孤立を嫌う人間は常に集団へ同調することを欲しており、如何なる状況下でも孤独感を感じないようにするため、集団へと同調していこうとするものである

3 人間の集団への同調の欲求は孤独感から生まれるもので、集団から外れてしまう恐怖を解決させる一番早い方法が集団への同調なのである

4 昔より人間とは合一感を得る答えを持ち合わせていない場合に自我を捨て、そのまま集団へ同調することによって、孤立することを避けてきたのである

（２）

　会社に社員として入っていく場合と、学生として大学に入る場合とでは少しちがうようだが、大学の教師として毎年毎年新しい学生と接していても、自分では当然通じると思った話、まえには通じた話がいつの間にか通じなくなってびっくりすることがある。まえにまだ大学で講義を持っていたころ、林達夫さんが教えて下さったことだが、講義をしていて聴いている学生たちが(注1)たれ出したら、注意をひきつけるこつは、誰かいま学生たちが一番関心を持っていそうな人物の名を声を高めて言うことにあるのだそうだ。それはともかく、書物にしろ問題にしろ①共通の関心が持ちつづけられている期間が現在ではかなり短い。

　現在のように急激な社会変化が行なわれている時代には、(注2)いきおい社会通念や常識も、ちがった世代の人々の間ではずれを起こすことが多く、なかなか共通なものとして不動ではありえない。その(注3)端的なあらわれが犬と豚とを区別できなくなったことのうちにもみとめられるわけだ。そして、共通なものでなくなるとき、実はもうそれは社会通念でも常識でもなくなるはずである。常識とはコモン・センス、つまり共通の識別能力あるいは判断力のことなのだから。

　しかし、犬と豚との区別ということが常識に投げかける問題はそれ

だけにとどまらない。②それというのも、犬と豚との区別がつかなくなるということは、共通であるべき常識や社会通念のずれが生じたことを示しているだけではなく、明らかに、それらの動物つまり自然に対する総合的な感覚が失われてきていることを示しているからである。犬についても豚についても、同じく動物として環境的自然のなかで私たちとともに生きるものであること、そのようなものとして私たちは総合的な感覚によってこれをとらえるべきであること、が忘れられたといってもいい。そしてこれは、現在、常識＝コモン・センスが含む問題を別の角度から照らすことになるだろう。

(注1)たれ出す：話を聞いている者が集中できなくなること。

(注2)いきおい：当然。

(注3)端的な：はっきりとした。

53　「①共通の関心が持ちつづけられている期間が現在ではかなり短い」のはなぜですか。

1 不動の社会通念が存在しなくなり、いつも新しいものを
　求めているから

2 ちがった世代の人々では時の流れに対する感覚がちがい、
　ズレがあるから

3 急激な社会の変化は関心の対象もすぐに変えてしまうから

4 毎年社会人として多くの若者が大人の社会に入ってくるから

54 「②それ」は何を指しているか。

1 時代のズレにより異なった共通常識がある問題

2 共通の常識で犬と豚を区別できなくなった問題

3 共通であるべき常識に投げかけられている問題

4 共通の常識である問題だけでは収まらない問題

55 筆者が最もいいたいことは次のどれか。

1 現代社会では変化が急激になることによって共通の常識が
　持てなくなっただけではなく、自然環境に対する感覚も
　共通ではなくなってきている

2 変化の激しい現代では人々の間に存在していた共通の常識
　だけでなく、自然に対する感覚でさえ失われてきてしまって
　いる

3 世代の異なった人々の間では共通の常識がなく、社会的通念が
　大きくずれているだけではなく、環境に対する関心も失われて
　きている

4 社会の常識のずれによって、年代が異なる人々の間には共通
　の常識が失われ始めていて、その影響が大学生にまで及んで
　きている

（３）

　「近代」の目標の一つは、これまで人々を縛りつけてきた伝統の拘束や人間関係から、個人を解放することでした。過去から続いてきた慣習や社会的関係は、しばしば個人の自由を束縛し、服従を要求してきます。これに対し、「近代」は、個人の自由を重視し、個人の選択を根本原則として、社会の仕組みやルールをつくりかえようとしました。

　一例をあげれば、伝統的な社会において、「家」の存続こそが、そこに属するメンバーにとっての（注1）至上命題でした。これに対し、「近代化」の結果、そのような意味での「家」は解体し、当事者の合意に基づく婚姻によって生み出される「近代家族」がとってかわりました。夫婦とその子供のみから成る、いわゆる①「核家族」化も進みました。その意味では、与えられた人間関係を、自分で選んだ関係に置きかえていく過程こそが、「近代化」であったといえます。そして、いまや「ソーシャル・スキル」の時代です。人間関係は、一人ひとりの個人が「スキル（技術）」によってつくりだし、維持していかなければならないとされます。「社会関係資本（ソーシャル・（注2）キャピタル）」といういい方もなされるようになりました。今日、人と人のつながりは、個人にとっての財産であり、資本なのです。逆にいえば、②自覚的に関係をつくらない限り、人は孤独に陥らざるをえません。ここには、「伝統的な人間関係の束縛からいかに個人を解放するか」という、近代のはじめの命題は、見る影もありません。時代は変わったのです。

　「近代」のもう一つの目標は、宗教からの解放でした。伝統的な社会においては、つねに「聖なるもの」の感覚がありました。人間を超えた「聖なるもの」は、人々の畏れるべき対象であると同時に、人々にあるべき姿、進むべき道を示してくれるものでもありました。「近代化」は、この「聖なるもの」の感覚に支えられた宗教から人々を解放し、個人の意志を新たな価値の源泉にしました。人々が選択にあたって指針とするのは、もはや人間を超えたものではありません。人々自身のうちに、あらゆる価値の源が見いだせるというのが、近代のスローガンでした。

（注1）至上命題：最重要課題。
（注2）キャピタル：生産活動に必要な資源や資産を指す。

56　「①「核家族」化も進みました」とあるが、どうしてそうなったのか。

　1　伝統的な社会に対抗するために個人の自由で家庭を作るようになったためである

　2　家庭を持つ当事者の合意が無ければ婚姻を結ぶことが出来なくなったからである

　3　現代の人々が家を存続させるために考え出された方法だからである

　4　過去の伝統や習慣よりも個人の自由が重視されるようになった結果だからである

57 「②自覚的に関係をつくらない限り、人は孤独に陥らざるを
えません」とあるが、それはなぜか。

1 昔から社会の人間関係とは目的を持ちながら行為を作り上げて
いかなければならないものであるから

2 近代の社会において良き人間関係を構築し維持していく上で、
さまざまスキルを身に付ける必要があるから

3 近代の人間関係は財産であると同時に資産でもある。それら
を持っていない人は孤独であると社会に思われるから

4 いつの時代でも他人とのつながりを持っていない人は孤独
であり、社会からは孤立した存在であるから

58 「近代」の目標について正しく説明したものは次のどれか。

1 近代の目標とは人々が個人の意思によってそれぞれの価値を
見出し、多くの束縛から個人の意思を尊重し自由を得ること
であった

2 近代では古き伝統を打ち破り、新しき時代に相応しい伝統を
作り上げながら、時代に適した宗教改革を目指すことが目標
であった

3 いつの時代でも宗教という存在の大きさは計り知れないもの
であるが、近代ではその概念を崩すことに目標を置いていた

4 核家族にみられるように近代社会においては、家の存続問題
よりも個人の自由を重視することが目標であり、宗教の選択
の自由も与えられているのである

問題10 次の文章を読んで、後の問いに対する
　　　　答えとして最もよいものを、1・2・3・
　　　　4から一つ選びなさい。

問題10~13影音解析

　歩道で棒をふりまわしてふざけている小学生がいる。「あぶない。あぶないッ」と声をかけると、棒の少年は白い歯を見せてニッコリ笑い、「すみません」と言った。そうあっさり言われると、こちらが（注1）とげとげしい調子でたしなめたのが①悔やまれる。いい子なんだなあ、と思う。家庭のしつけがいいのであろう。小学校の教育もしっかりしているのにちがいない。

　このごろ、この「すみません」を言う子がふえてきているのはうれしい。そのまま大きくなれば、世の中はずいぶんおだやかになるだろう。ところが、もう少し年上の若者がおかしい。こどものときには言えた「すみません」を忘れてしまったのであろうか。てれくさいのかもしれない。せっかく（注2）気取った服装をしていても、言うべき言葉をひとつ言いそこねていやな人と思われるのは、いかにも口惜しいことである。

　このごろはこの駅前も、自転車があふれている。「禁止」と看板が出ていても、みんな置いているのだから、といっこうに改まらない。みんないいとは思っていないが、便利だからつい、という人がふえて、②ああいう困った流行が始まったのである。人通りの多いところに、自転車を放置すれば、人に迷惑をかけるくらいのことは小学生にも

わかる理屈だが、かえって大人にはわからぬらしい。「すみません」という心が失われてしまったのではあるまいか。

　駅前の歩道にも自転車が並んでいて、二人では通れないところも少なくない。向こうからやって来る人がいれば、こちらはよけて待っていなくてはならない。③やれやれ一。向こうから中年の紳士が来るから、手前のところで立ち止まって待っていると、足を早めた紳士がやって来て、「どうも」と言って去っていった。待っていたことも忘れて、（注3）すがすがしい気持ちになる。うるさい自転車に腹を立てることもしばし気にならないほどある。

　若者が来る。やはりよけて待っていると、（注4）そっぽを向いて行ってしまう。これがクルマの運転だったらどうだろう。よけて待っていてくれるクルマがあれば、手ぐらいは挙げるだろうに。歩いているとそれもできないのだろうか。機械は人間を堕落させるというが、日常生活がお粗末なら、逆に機械がモラルを高めることもあるのかもしれない。④こういうとき、「すみません」「ありがとうございました。」と言って通る若者はほんとうに少ない。

（注1）とげとげしい：態度や言葉づかいにとげがある。
（注2）気取った：心を配って用意しておいた。
（注3）すがすがしい：さわやかでいい気持ち。
（注4）そっぽを向いて：よその方向を見て。

59　「①悔やまれる」とあるが、それはなぜか。

　1　小学生に対して怒らなくても、普通に注意すれば素直に
　　　謝ったであろうから

　2　危ないことをしている小学生を、厳しく注意できなかったから

　3　教育がよく、家庭のしつけもいい子どもをしかってしまった
　　　から

　4　棒を振り回している小学生を注意したら、すみませんと
　　　言われたから

60　「②ああいう困った流行が始まったのである」とあるが、
　　具体的に述べたものは次のどれか。

　1　自分の都合で他人に迷惑をかけてもいいと、やたらに
　　　自転車を止めること

　2　自転車を止めて人に迷惑をかけることを流行として
　　　やり始めること

　3　子供も大人も人に迷惑をかけないようにちゃんと
　　　自転車を放置するということ

　4　「禁止」という看板を無視して自転車を駅前に置く
　　　便利さが失われたこと

61　「③やれやれー」とはどんな気持ちか。

　1　本来なら簡単に避けて通れる歩道なのに、わざわざ
　　　すれ違う通行人を待たなくてはならない気持ち

2 駐車禁止とされている所に自転車がたくさん放置されていて、
　歩道を歩くのも大変だという気持ち

3 自転車が止まっていることで、中年の紳士が来るたびによけて
　やらなければならないという気持ち

4 人の迷惑になることが分かっているのに、それでも便利だから
　と歩道に自転車を放置する人に困っているという気持ち

62 「④こういうとき」とあるが、これは何を指すのか。

1 若者は歩道ですれ違う通行人に対して挨拶をすることさえなく、
　そっぽを向いていってしまうということ

2 若者は車の運転でよけて待つ相手に対して、感謝の気持ちを
　表すことが出来るが、日常生活では感謝の気持ちを表すことが
　できないこと

3 日常生活で失われてしまった感謝の気持ちが、逆に機械の
　存在によってその存在が表されている場合もあるということ

4 若者は歩道でよけて待つというような、さりげない日常の
　小さな物事に対して感謝の気持ちも忘れてしまっていること

問題 11　次の A と B の文章を読んで、後の問いに対する答えとして最もよいものを、1・2・3・4から一つ選びなさい。

A

　日本では、女性が仕事と育児を両立させることは大変である。結婚しても子供ができるまでは仕事を続け、子供ができたら、一時中断する。子供に手がかかる 3 歳までは、家事と育児に専念し、子供の手が離れるようになったら、また仕事につく。こういう就業パターンが若い女性、そして男性にも支持されている。企業の中には、育児休業を 1 年間認めたり、一度退職した女性を再雇用する制度を設けたところもあったりするが、子供を育てながら仕事をしている女性の多くがパートタイマーであるのが実態である。子供は自分の手で育てたい、あるいは近くに幼稚園や保育園がないとの理由で、育児中の期間は仕事をやめ、その後パートで再就職するというケースが一般的である。

B

　日本の社会で女性が育児と仕事を両立させるためには、相当の覚悟が必要である。例えば、育児休暇を取るにしても、休暇終了後仕事が続けられるかどうかわからないという不安が付きまとう。また、会社との関係だけでなく、その女性の周囲の目といったものも問題として

出てくる。以前聞いた話だが、育児休暇を取得した女性が、夫の両親に反対されたために職場に復帰できなかったという。最近では、パートをしながら子育てをできる人はまだましで、幼稚園や保育園の（注）「待機児童」の問題が深刻なためにパートにすらつけない母親が増加の一途をたどっているのである。

　政府は待機児童の問題を含め、より良い環境で子育てができるような政策を打ち立てなくてはならないだろう。

（注）待機児童：入園可能な年齢になっても幼稚園や保育園に入る
　　　　　　　ことができない子供。

63　A では触れられているが、B ではふれられていない内容はどれか。

　1　子供を預ける施設が不足していることの育児に対する影響

　2　女性が仕事と育児を両立させることの困難

　3　育児のために退職した女性が復帰できる制度

　4　パートをしながら子育てをする女性

64　幼稚園や保育園の問題について、A の筆者と B の筆者はどの
　　ような立場をとっているか。

　1　A の筆者は問題だと考えているが、B の筆者は明確にしていない

　2　A の筆者は明確にしていないが、B の筆者は問題だと考えている

　3　どちらの筆者も明確にしていない

　4　どちらの筆者も問題だと考えている

問題12　次の文章を読んで、後の問いに対する答えとして最もよいものを、1・2・3・4から一つ選びなさい。

　アメリカの親が子供を叱る時に、子どもが目を逸らそうものなら、「ちゃんと目を見てよく聞きなさい！」と怒鳴るという。英語では相手と「視線を合わす」ことを eye contact（「目の接触」）と表現し、アメリカの人間関係では重要な非言語行動である。相手に「視線を向ける」ことがエチケットであり、相手から「視線を逸らす」と、何かやましいことを隠しているのではと疑われる。これとは対照的に日本では、相手に（注1）言いがかりを付ける口実として、「眼を付ける」という表現がある。相手の目をじっと見ると、いつ何時言いがかりをつけられるかもしれないことを恐れて、対人コミュニケーションでは相手を（注2）ちらっと見て、さっと目を逸らす習慣が身についているようである。

　情のこもった目つきは、口で話すのと同じほど相手に気持ちを伝えることをいった「目は口ほどに物をいう」ということわざを筆頭として、目に代表される非言語側面が口の言語側面より信用性が高いことを示唆するものが他にもいくつかある。自分の目で事情をはっきりと確かめてから口に出して語れと戒めた「目で見て口で言え」とか、目を見ればその人のことばの真偽がわかるという「目は心の鏡」ということわざもある。

　言語と非言語の信用性についてはいろいろな研究が報告されている

が、①もし言語と非言語の行動に矛盾が生じた時には、その本音は

（注3）バーバルよりノンバーバルにあるとの結果で一致している。

その理由はいまひとつはっきりしないが、口に代表される語るという

言語行動はつねに人をだます可能性がある意識行動だとわれわれが

見ているのに対して、目を通しての非言語行動のかなりが無意識レベ

ルのもので、計算されない本音がここに表れるのだと、日々の経験を

通して直感しているためかもしれない。

　視線行動には、②コミュニケーションの流れを規制する機能が顕著

である。対人コミュニケーションの状況で、相手が語り終わった瞬間

に「次は私が話す番だ」と言語的発話で切りだすような（注4）野暮

な人はいない。非言語的にさりげなく視線を相手に向けて、「話す用意

ができている」ことを伝えている。反対に視線を逸らすしぐさは、「ま

だ話す用意ができていないので、まだ語り続けてほしい」とのサイン

を送っているのである。

　コミュニケーションの流れを規制する機能と共にもう1つ重要な働

きは、相手に視線を向けることによって、コミュニケーションでわれ

われが話したことに対して相手がどのように反応したかに探りを入れ

る機能である。さらには、集団の人たちに視線を向けて、「グループに

入れてほしい。この出会いを共有させてほしい」との思いを非言語的に伝える帰属欲求伝達機能も挙げておきたい。これは、ほとんどの文化で共有される視線行動の普遍的機能である。

しかしながら、視線の使い方は文化的に異なる場合が多い。一例として、視線を逸らす行動が挙げられる。日本の文化が他人の目を恐れ、視線を避ける文化であることはよく知られているが、視線を合わすことが奨励されている、例えばアラブ文化では、対人コミュニケーションで両者が密接距離をとることから、互いは凝視しあうのがエチケットである。目はその人の全人格を映し出すものだと考えられているので、互いを凝視しあうことは互いの魂と触れ合うことだと受け取られる。日本人とアラブ人のコミュニケーションでは視線行動1つをとっても、誤解と困難が予想されるのである。

口は災いの元であると昔からいわれているが、③目のもつ潜在的可能性と危険性にももう少し目を向けたいものだ。

（注1）言いがかり：口実。
（注2）ちらっと：ちょっと見。
（注3）バーバル：言葉。
（注4）野暮な人：気がきかない人、人情に通じない人。

65 対人コミュニケーションで、日本ではさっと目をそらす習慣が
身についている事について筆者の考えている理由は何だと考え
られますか。

1 相手の目をじっと見ると、もめごとのもとになるかもしれない
から

2 相手の目をじっと見ると恋愛感情があると思われるかもしれ
ないから

3 相手の目を見て、さっと目をそらすと、やましいことがある
と思われかねないから

4 相手の目を見て、さっと目をそらすと、本当の気持ちを
知られずにすむから

66 「①もし言語と非言語の行動に矛盾が生じた時には、その本音は
バーバルよりノンバーバルにある」とはどういうことですか。

1 計算されない本音は、自然と言葉のはしばしにあらわれる
ということ

2 うそを言っている時には、本音は目には反映されない
ということ

3 言葉でだましているとしても、本音はしぐさにあらわれる
ということ

4 本音で話していることと行動とは、矛盾することがある
ということ

67 「②コミュニケーションの流れを規制する」ために、人は
「視線行動」においてどのようなことをすると述べられて
いますか。

1 相手が語り終わったとき、「次は私が話します」などと
言って相手を見ること

2 さりげなく手を挙げたりして、次に自分が話したいという
視線を送ること

3 相手とあまり目を合わさないようにして、会話に入ること

4 相手を見たり、見なかったりして、次に話す意志があるか
どうかを示すこと

68 「③目のもつ潜在的可能性と危険性」について適当に説明した
ものは次のどれか。

1 異なる文化の間でも視線行動の機能が共通する場合は、
自分の意志を伝えられるが、共通しないばあいは誤解され
やすい

2 言語が異なり、文化も違う人でも、凝視することによって
真意を伝えられるが、視線を合わせないと伝えにくい

3 視線行動の機能について同じような文化を持つ人同士では
意志の伝達が容易だが、違う文化を持つ人同士は不可能である

4 異文化の相手の視線の使い方を知っていれば、だまされたり
しないが、知らない時は、相手を信用するのは危険である

問題13　以下は八王大学の留学生のための奨学金案内です。問題に対する答えとして最もよいものを、1・2・3・4から一つ選びなさい。

69 中国人の林中君は十九歳で、いま工学部で勉強しています。奨学金二年分を申請したいですが、彼が申請できる奨学金はいくつありますか。

1　一つ　　　　　2　二つ　　　　　3　三つ　　　　　4　四つ

70 大学院の工学修士号を取るために勉強しているマサさんは二十三歳のタイ人です。いまはアルバイトで忙しいので、面接だけで奨学金を申請したいです。彼が申請できる奨学金は次のどれですか。

1　石原国際財団奨学金と伊藤国際交流協会奨学金

2　吉田教育振興財団奨学金と岩時記念財団奨学金

3　岩時記念財団奨学金と伊藤国際交流協会奨学金

4　山田国際奨学財団奨学金と吉田教育振興財団奨学金

八王大学の留学生のための奨学金案内

（大学を通して募集している団体）

名称（期間）	年齢制限	支給対象	出身国	専攻分野	選考方法
石原国際財団（一年）	25歳未満	学	アジア諸国	工学部 文学部	面接
鈴木国際育英会（二年）	35歳未満	学 修	制限 なし	工学部	書面
伊藤国際交流協会（一年）	25歳未満	学 修	アジア諸国	医学部 文学部	面接
山田国際奨学財団（一年）	なし	学 修 博	アメリカ 欧州諸国	工学部 文学部	面接
岩時記念財団（二年）	十八歳以上	学 修 博	アジア諸国	工学部	面接
東銀行留学生奨学金（二年）	30歳以下	学 修	アメリカ 欧州諸国	医学部	作文
吉田教育振興財団（二年）	なし	学 修 博	アジア諸国	制限なし	面接

　学：学部生　　　修：修士　　　博：博士

NOTE

>> 簡 易 估 算 表 <<

1. 第一部分：文字.語彙.文法

第一部分之合計總分為 60 分 (最低合格門檻 19 分)

按比率計算：第一部分得分 Ⓐ ☐ 分 × 60 ÷ 76 ＝ ☐ 分

	答對題數	每題配分	得 分
問題 1		1 分	
問題 2		1 分	
問題 3		1 分	
問題 4		2 分	
問題 5		2 分	
問題 6		2 分	
問題 7		3 分	
合 計			Ⓐ

----

2. 第二部分：読 解

第二部分之合計總分為 60 分 (最低合格門檻 19 分)

按比率計算：第二部分得分 Ⓑ ☐ 分 × 60 ÷ 75 ＝ ☐ 分

	答對題數	每題配分	得 分
問題 8		3 分	
問題 9		3 分	
問題 10		3 分	
問題 11		3 分	
問題 12		3 分	
問題 13		3 分	
合 計			Ⓑ

第三回 答 案

題號	1	2	3	4	5	6	7	8	9	10
ANS	3	4	1	3	2	4	2	2	2	1

題號	11	12	13	14	15	16	17	18	19	20
ANS	1	3	2	3	4	4	2	3	3	3

題號	21	22	23	24	25	26	27	28	29	30
ANS	1	4	4	3	2	2	2	3	3	1

題號	31	32	33	34	35	36	37	38	39	40
ANS	1	3	4	1	3	2	3	2	1	1

題號	41	42	43	44	45	46	47	48	49	50
ANS	3	4	4	4	4	1	1	3	1	3

題號	51	52	53	54	55	56	57	58	59	60
ANS	4	3	3	3	1	4	2	1	1	1

題號	61	62	63	64	65	66	67	68	69	70
ANS	1	4	3	2	1	3	4	1	3	2

**第三回 重組練習題 ANS

（36）3-4-2-1　　（37）4-2-3-1　　（38）4-3-2-1

（39）4-1-3-2　　（40）3-2-1-4

問題1~4影音解析

第 四 回

>>> 言語知識（文字・語彙） <<<

問題1 ＿＿＿のことばの読み方として最もよいものを、
1・2・3・4から一つ選びなさい。

1 日本の経済発展と共に鋸の製造工程も機械化が
進んでいる。
1 なまり　　　　　　　2 きざし
3 のこぎり　　　　　　4 かんむり

2 男性の出演希望者がとても多くて、勇ましい雰囲気で
ございました。
1 あさましい　　　　　2 あらこましい
3 いまいましい　　　　4 いさましい

3 両社の合併調印式が２４日、このホテルで行われた。
1 こうぺい　　　2 かっぺい　3 がっぺい　　4 こうべい

4 ある脚本家はシャワーを浴びている時にアイデアが閃くという。
1 ひらめく　　　2 はじく　　3 つつく　　　4 そむく

5 <u>小柄</u>な女性がこれを着たら、おかしいなと笑われるでしょう。

1 しょうへい　　　　　　2 しょうべい

3 ごがら　　　　　　　　4 こがら

6 <u>速やか</u>な休校措置が校内や地域への感染拡大防止に役立つと
見られる。

1 さわやか　　　　　　　2 ささやか

3 かるやか　　　　　　　4 すみやか

問題2　（　　）に入れるのに最もよいものを、1・2・3・4 から一つ選びなさい。

7 この雑誌の記事は、写真と表の（　　）がじょうずです。

1 レイアウト　　　　　　2 シンポジウム

3 エキストラ　　　　　　4 メンバー

8 不妊治療は、不妊の人たちの苦しみに引きずられる形で、
（　　）的に認められてきた一面があります。

1 なし崩し　　2 とり崩し　　3 孤立　　　　4 運命

9 日本経済失速の（　　）材料として指摘されているのは
日本円切り上げである。

1 懸念　　　　2 希望　　　　3 原　　　　　4 欠陥

10 今日は面接があるから、（　　　）を整えて行こう。

　　1 みなり　　　　　　　　2 みぶり

　　3 せりふ　　　　　　　　4 ふるまい

11 3階の教室にケータイの忘れ物がありました。（　　　）のある人は、
事務所まで来てください。

　　1 こころくばり　　　　　2 こころあたり

　　3 こころざし　　　　　　4 こころがけ

12 1942年、伊藤のもとに願ってもない申し出が（　　　）。

　　1 あてこんだ　　　　　　2 うちこんだ

　　3 おいこんだ　　　　　　4 まいこんだ

13 東京駅で（　　　）といろんなところを見ていたら、
旅行者に間違われました。

　　1 とぼとぼ　　　　　　　2 だらだら

　　3 きょろきょろ　　　　　4 いそいそ

問題3 ＿＿＿＿に意味が最も近いものを、1・2・3・4から一つ選びなさい。

14 このやり方を続ければ、埋め合わせできると思います。

　　1 相合　　　2 相棒　　　3 相続　　　4 相殺

15 ささいな違いを<u>なおざり</u>にしないで、しっかり使いわける
ように先生から言われました。

1 のきなみ　　　　　　　　2 おろそか

3 めっきり　　　　　　　　4 まんざら

16 <u>リビングルーム</u>は家族が集まるくつろぎの場であり、
お客様を迎える公共の場でもあります。

1 しょさい　　　　　　　　2 とこのま

3 いま　　　　　　　　　　4 ふすま

17 佐藤君は春の大会で優勝してから<u>思い上がって</u>しまい、
周りへの態度がすっかり変わってしまった。

1 うごめく　　　　　　　　2 ひざまずく

3 ほうむる　　　　　　　　4 うぬぼれる

18 賃料等の請求、クレーム対応、解約の手続きなど、賃貸
マンション経営においては<u>わずらわしい</u>ことが多い。

1 面倒くさい　　　　　　　2 心細い

3 見苦しい　　　　　　　　4 生ぬるい

19 そう言って儚く笑う彼を見て、あたしは<u>首を縦に振る</u>こと
しか出来なかった。

1 照れる　　　　2 貫く　　　3 頷く　　　4 傾ける

問題4 次の言葉の使い方として最もよいものを、1・2・3・4から一つ選びなさい。

20 明るみ

1 明るみのあるところで勉強したほうがいい。

2 彼は誰も知らない、恐れるべきことを明るみにした。

3 私は彼の明るみの性格がとても好きだ。

4 予算の横領事件が次々と明るみに出ている。

21 明白

1 台湾人の大多数は景気の後退は明白だと感じている。

2 台湾では、「有機」について規格や基準がまだ明白化されていない。

3 彼の話が明白したので、みんながよくわかった。

4 正確且つ明白な日本語ビジネス文書を作成する能力が必要だ。

22 インフレ

1 各国では、インフレ事件はあとを絶たない。

2 責任者の話から、彼らは決選投票をインフレしようとしたことがわかった。

3 現在はインフレを始めて2週間経ったばかりですが。

4 これらは、いずれもグローバル・インフレの圧力になっている。

23 **敷金**

　1　住まいを購入するときには、少なくとも住宅価格の２割以上の「敷金」が必要だといわれています。

　2　中野さんは１１月に不動産屋に敷金礼金４０万円支払いました。

　3　業種別にみると、敷金総額は「半導体製造業」が最も高いそうだ。

　4　この会社ではいくら残業しても残業敷金がないことになっている。

24 **ぶつぶつ**

　1　雨がきのうからぶつぶつ降っている。

　2　この映画はぶつぶつする場面の連続だった。

　3　彼はぶつぶつ言うだけ言って、何もやろうとしなかった。

　4　髪の毛がぶつぶつになる方法教えてください。

25 **麗らか**

　1　暗い色より、麗らかな色のほうがずっと好きだ。

　2　麗らかな春を存分に楽しむ旅に行きたい。

　3　見渡す限り、麗らかな緑が一面に見えるのだ。

　4　麗らかな女性と付き合いたい。

問題5~7影音解析

第 四 回

>>> 言語知識（文法・読解）<<<

問題5　次の文の（　）に入れるのに最もよいものを、1・2・3・4から一つ選びなさい。

26 彼は別れ（　）、突然大声で「僕の帰りを待っていてくれ」と叫んだ。

　　1 さいに　　　　　　　　2 おりに
　　3 ぎわに　　　　　　　　4 さいご

27 もし早く私にそのことを言ってくれれば、微力ながら（　）。

　　1 なんとかしてあげたものの
　　2 なにかしてあげただろうに
　　3 なんとかなってあげたものの
　　4 なんとかなってあげただろうに

28 少子化で各大学が学生確保に向けて特色を出そうと腐心する

　　（　）、学生や親から反響が大きい100円朝食は今後も

　　広がりそうだ。

　　1 なか　　　2 あいだ　　　3 うえは　　　4 うち

29 深夜のコンビニのように国道に自動販売機の群れが光り輝く

風景。（　　）日本的風景である。

1 あながち　　　2 かいもく　　　3 いかにも　　　4 いまにも

30 「今日は素敵な着物を（　　）ね。」

「ありがとうございます。これは母が買ってくれたプレゼント

です。」

1 お着になっております

2 お身につけておれます

3 お着なさっていらっしゃいます

4 お召しでいらっしゃいます

31 武君は頭が（　　）何も手伝ってくれない。

1 切れば切れるほど

2 切れるばかり切れて

3 切れるといえば切れるが

4 切れるようで切れるが

32 先生が怖い顔で呼ぶので、てっきり（　　）ほめられたので、

びっくりした。

1 おこらせると思いきや

2 おこられるかと思ったら

3 おこられなくはないが

4 おこってくれるかなと思って

33 何を言っても切り返されてしまい、根まけし、かなり気が

引けたのだが、（　　）。

1 受け取らなくはない

2 受け取るだけのことはある

3 受け取ることになってしまった

4 受け取るまでのこともない

34 「本当は僕、今日会社を休んだんだ。」

「えっ、会社を（　　）。」

1 やすむって　　　　　　　　2 やすんだっけ

3 やすんだもの　　　　　　　4 やすんだって

35 車の免許をとるのは大変だった。始めは路上での実地運転は

（　　）、教室で先生の話を聞いたり、本を読んだりしていた。

1 させてもらわず　　　　　　2 してもらわずに

3 させてもらえずに　　　　　4 してもらわず

問題6　次の文の__★__に入る最もよいものを、1・2・3・4 から一つ選びなさい。

36　「根回し」という間接的な ＿＿＿ __★__ ＿＿＿ ＿＿＿

利点がある。

1 やりかたは　　　　　　　　2 という

3 ぶつかり合わなくてすむ　　4 個人が

37 価値観を一つに統一することより異なる _____ _____ ★_____

_____ _____ すり合わせたほうがいい。

1 しながら　　　　　　　　2 異なったままに

3 その価値観を　　　　　　4 価値観を

38 隣のおじさんは先月 _____ _____ _____ ★_____ _____

両足を失った。

1 死に　　　　　　　　　　2 こそは

3 事故で　　　　　　　　　4 しなかったが

39 いますぐ出ていけと _____ _____ _____ ★_____ _____

無理だ。

1 では　　　　　　　　　　2 とて

3 こんな真夜中　　　　　　4 いわれた

40 あの法令がそのもともとの作成者の _____ _____ ★_____ _____

_____ となって判決されることも珍しくない。

1 意図とは　　　　　　　　2 正反対の意味を持つ

3 もの　　　　　　　　　　4 ほぼ

問題７　次の文章を読んで、文章全体の趣旨を踏まえて、（41）から（45）の中に入る最もよいものを、１・２・３・４から一つ選びなさい。

　ぼくはよくプールに行くのだが、平日の昼間はプールへ行く段階で、スイミングスクールに通う幼児を連れた母親たちと、よくすれちがう。（注１）ヨイショコラショと通りすぎるまで、ぼくは、道をゆずって待つ。

「すいません」と子供を急がせたり、「どうも失礼」と言う母親は10人に一人。会釈はもちろん、　41　。段階で立ち話をして道をふさいでいても、平然としている。ぼくはムッとする。存在まで無視されたらしいからだ。

　あなたはそこに、私はここにいますよ。そういう存在確認の証明、いや照明が、挨拶の原点だろう。照明は、点灯開始時期のちがいにより、二つの方式がある。タイプＡは、親愛の情や敬意を表すためにする挨拶。気持ちを向ける必要のない大部分の人にたいしては、無視する。この日本型の照明は　42　明るいが、大部分の見知らぬ多くの人に対しては、相当の暗さだ。タイプＢは、自分は　43　であることを知らせるためにする挨拶。もともと握手は、手に銃をにぎっていないこと示すためのものだった。見知らぬ他人でも、狭い場所ですれ

違うときには、会釈したり声をかける。ぶつかれば「失礼」と言う。いわばアメリカ型のこの照明は、多くの人に信号を出すので、ちょっと忙しいが、（注2）まんべんなく明るい。

　スイミングスクールの母親の10人に9人にとって、44A が標準なのだろう。彼女たちに悪意はない。44B を標準と思っているぼくが、勝手に腹を立てているだけかもしれない。だが、このコミュニケーション．ギャップ、どうにかならないものか。

　これまで日本は、かなり均質で安全な社会だったから、44C でやっていけた。だが、アメリカのように多人種．多民族の銃社会では、タイプBが必要だ。世の中は、どんどん（注3）ボーダーレスとなり、摩擦や対立や緊張が増えてくる。みんなが一族というムラ社会でなくなれば、共通の出発点は、「めいめいが好きなことを。45 他人には害を及ぼさずに」だ。

（注1）ヨイショコラショ：疲れたからだを動かすときに発する言葉。
（注2）まんべんなく：残るところなく。
（注3）ボーダーレス：社会的な境界がない。

41

1 握手すらしない　　　　　2 恐縮すらしない

3 困りもしない　　　　　　4 失礼もしない

42

1 家族だけには   2 家族だけは

3 知り合いにだけは   4 知り合いだけにも

43

1 明るい   2 無害   3 有害   4 暗い

44A-B-C

1 タイプA   /   タイプB   /   タイプB

2 タイプB   /   タイプB   /   タイプA

3 タイプA   /   タイプA   /   タイプB

4 タイプA   /   タイプB   /   タイプA

45

1 ただし   2 ところで   3 おまけに   4 あるいは

NOTE

問題8 次の（1）から（4）の文章を読んで、後の問いに対する答えとして最もよいものを、1・2・3・4から一つ選びなさい。

（1）

　「笑い」は、人生の階段を上るための支点である。生きる以上、どんな人にも苦難はおとずれる。しかし、笑いがあれば、逃れようがないように見える泥沼からも、すっと身体を浮かび上がらせることができる。笑いは、人と人とのコミュニケーションを円滑にする。（注）ざらざらとした非難の代わりに、愛のあるつっこみをやりとりすることができる。笑いがあれば、経済や社会の状況がどんなに悪くなっても、なおも前向きの気持ちを忘れずに、日々を生きることができる。

（注）ざらざらとした：ここでは、乱暴な。

46 筆者が言いたいことは次のどれか。

1　笑いとは苦しい状況を迎えたとしても希望を与えてくれるものであり、苦境を抜け出すための武器でもある

2　笑いとは人々の生活に幸せを運び込み、他者との関係の向上など社会をより良きものへと導いてくれる手段である

3　笑いとは世界に平和をもたらし、こじれた関係をも瞬時に回復させることを可能とする魔法のひとつである

4　笑いとは苦しくて押しつぶされそうな困難にあった時に、苦しみから解放してくれる良薬のようなものである

（2）

　「框」というのはもともと、いろいろな物の外枠の木のことをいうらしい。であるから、玄関の上がり框は、段差があるためにむき出しになっている側面と端とを、木の枠でカバーしたその部分のことをいう。日本の住宅はつまり、地面と床とにかなりの段差があったわけだ。

　ところで、私が関心を持っているのは、その上がり框に、外からやってきた人がちょっと座る、という行動である。これは私が生まれた家でも（注）日常茶飯事で、近所の人はたいてい、よほどのことがないと家には上がらないし、かといって玄関先で立ったまま用事を伝えて帰るというわけでもなく、用を足すためにやってきて、上がり框に腰掛けた。そしてそこで、用事以外のさまざまなおしゃべりが始まるのである。

（注）日常茶飯事：よくある事。

47 筆者はなぜ「框」が気になっているのか。
　　1 日本では用を足すために訪れた外の人を家に上げないために、上がり框を用いて玄関で足を止めさせるから
　　2 日本では用件があって訪れた外部の人が、家に上がらずに上がり框に腰掛けて用件を済ませたり、雑談をしたりするから
　　3 日本の家では来客が訪問した際に、長くおしゃべりができるように上がり框が必ず取り付けられているから
　　4 日本の家には地面と床の間に大きな段差が存在し、その段差を木の上がり框を用いてカバーしようとするから

（３）

　これが意味するところは、言葉が、何かすでにあるものを叙述するというより、なにかある、形のさだかでないものに、はじめてかたどりを与えるということだ。言葉にしてはじめて分かるということがあるということだ。

　「分かる」とは、まさに言い得て妙である。（注）もやもやしたこと、漠然としてなにか分からないものに包まれているとき、それをいくつかの要素に区分けする。たとえばひとの感情なら、喜怒哀楽に分ける。いやそもそも感情じたいが、意志や判断と分けてはじめて、それとして同定できるものである。形なきものに形を与えるということ、そこに言葉のはたらきがある。言葉にすることではじめて存在するようになるものがあるということだ。

（注）もやもやしたこと：心にわだかまりがありすっきりしないこと。

48　「分かる」とは、まさに言い得て妙（実に巧みに言い表している）とあるが、ここで筆者が言う「分かる」とはどういうことか。
　　1　人間の感情が喜怒哀楽に分かれているから、言葉も豊かになったということ
　　2　漠然としたものを言葉にすることで、形のないものに形を与えるということ

  3 形のさだかではないものに形を与えて、簡潔な言葉を
   あてはめるということ
  4 もやもやしたことが、分析することによってすっきり
   理解できるということ

（４）

 五つの幸福があっても、一つの不幸のためにその五つはゼロになる。幸福は弱く、不幸は強い。われわれは幸福を強く、不幸を弱く感じるように修練をつむべきだ。五つの不幸があっても一つの幸福を幸福と感じるようになることが必要だ。この修練がなければ人生は要するに不幸なものになる。それから、幸福というものは、受けるべきもので、求めるべき性質のものではない。求めて得られるのは、幸福ではなくて快楽だ。快楽と幸福は全然異なった性質のものだが、若いうちはこれを混同する。快楽は刺激的で、たび重なれば一つの快楽も快楽として価値を失う。しかし幸福は、いくたび重なっても幸福としてその幸福感を減じることはない。人の心でも、自然でも美しいと感じる。すぐそれが一つの幸福感になって感じられる。これは受けるのだ。刺激的な快楽よりはるか以上のものである。

49 筆者が言いたいことは何か。

1 人は不幸よりも幸福を強く感じるように修練することで
幸せになることが出来るが、快楽を求めることと、幸福を
受けることを間違えてはいけない

2 人はたくさんの幸福を感じていても、ひとつの不幸を強く
感じたら、人生が不幸なものになるから、幸福を強く
感じるように常に鍛錬するべきである

3 若い人は幸福と快楽を混同してしまいやすく、快楽を
たくさん求めても幸せにはなれないから、本当の幸福を
求めることが必要である

4 快楽は刺激的なものだが、たび重なればその価値を
失われていくから、人は快楽を求めるよりも幸福を
求めるべきである

問題9　次の（1）から（3）の文章を読んで、後の問いに対する答えとして最もよいものを、1・2・3・4から一つ選びなさい。

（1）

　ことばは世界に存在する雑多なモノを、体系化し、整理する。それによって、子どもは、同じことば（名前）で呼ばれるモノ同士を「同じ」あるいは「似ている」と感じ、それらのモノ同士の共通点を探るようになる。しかし、「似ている」や「同じ」という認識は、モノ同士の直接の関係に限らない。ここで、次のような状況を想像してみよう。三つの色のカラーボックスが、縦に上から緑、黄色、青の順で三つ重ねられている。これはお母さんの三つのボックスだ。子どもはそれよりもう少し小さい自分のボックスを三つ持っていて、①そちらは、上から黄色、赤、白の順番に並んでいる。子どものボックスの中段に、シールが入った封筒が入っている。お母さんは自分の三段重ねの真ん中の黄色のボックスに封筒を入れて見せ、子どもに、「○○ちゃんのにも、同じところにシールが入っているのよ。探してね」と言う。子どもは何色のボックスを探せばよいだろうか。

　読者のみなさんは、この状況で「同じ」というのは、そもそも②あいまいであることに気づかれただろうか。大人はこの状況で「同じところにシールが入っている」と言われれば、中段のボックスのことだ

と思う。しかし、三、四歳の幼児はほとんどの場合、一番上の黄色の
ボックスを開けてシールを探す。つまり、このくらいの年の子どもは、
黄色のボックスのような、「モノそのもの、あるいはモノの色が同じ」
ことにはすぐ気づくが、「関係が同じ」ことにはなかなか気づかない。
この状況のように、「モノ、あるいはモノの目立つ属性が同じ」と「関
係が同じ」ことが同居している場合、モノが同じほうにばかり目がい
ってしまうので、関係の同一性にはまったく気づかない場合が多い。
しかし、上とか真ん中ということばを使うと、同じ年の子どもでも、
モノそのものではなく、モノ同士の位置関係へ注目することが可能に
なる。つまり、上、真ん中、下のような関係を表すことばは、③子ど
もの認識をモノ自体の認識から、もっと抽象的な関係の認識へと広げ
る役割を果たすのである。（後略）

50 「①そちら」とあるが、それは何を指しているか。
　　1 黄色のボックスに封筒が入っている三段のカラーボックス
　　　のこと
　　2 真ん中が赤になっている三段重ねのカラーボックスのこと
　　3 縦に上から緑、黄色、青の順番となっている大きめの
　　　カラーボックスのこと
　　4 上から黄色、赤、白の順番となっているお母さんのカラー
　　　ボックスのこと

51 「②<u>あいまいである</u>」とあるが、その理由としての最も適当な
ものは次のどれか。

1　子どもが色の違いを明確に区別しているかはわからないから

2　子どもがモノ同士の共通点を見つけられるとは限らないから

3　「同じ」が色と位置のどちらをさすのかはっきりしないから

4　「同じ」がもともと明確な意味をもったことばではないから

52 「③<u>子どもの認識をモノ自体の認識から、もっと抽象的な関係
の認識へと広げる</u>」とあるが、ここではどういうことなのか。

1　関係が同じであることと色が同じであるという曖昧な言葉を
　　子どもにも理解させ、モノの色も認識させることができる
　　ということ

2　これらの言葉ははっきり見えるモノの属性に注目しがちな
　　子どもに、その属性にもっと注目させることが出来る言葉
　　であるということ

3　これらの言葉は「同じ」という言葉とは異なり、はっきりと
　　位置を表す言葉であるから、子どもが位置の関係に気づく
　　ことが可能となるということ

4　関係を表す言葉は属性を表す言葉とは異なっているから、
　　子どももそれを知ることによって色と関係の共通点を理解
　　できるようになるということ

（２）

　「時間」と「時刻」、「美しい」と「きれいだ」のような似た意味の
ことばでも、細かく調べるとそれぞれの用法には違いがあり、日本人
はその微妙な意味の差に応じて使い分けていることがわかる。

　一方、「あした」と「あす」と「明日」、「親戚」「親族」「親類」
「縁者」「身内」「身寄り」などには、はっきりとした意味の違いが
ほとんどない。が、いつどれを使ってもいいわけではない。場面や
状況によってそれぞれ適不適があり、感じ方の違いもある。日本人は
意味の微差だけでなく、そういう微妙な感覚の違いに応じた使い分け
にも細かく神経をつかう。

　世間一般の用語に従って、その二つの面を「意味」と「語感」と
呼び分ける。「意味」はその語が何を指し示すかという論理的な情報を
伝えるハードな面であり、「語感」はその語が相手にどういう感触・
印象・雰囲気を与えるかといった心理的な情報にかかわるソフトな面
での表現選択だ。前者の選択があまいと意味があいまいになり、後者
の選択を誤ると思わぬ違和感や不快感を招きかねない。

　とはいえ、「意味」と「語感」には連続的な部分があり、現実には
明確な区別のむずかしい例も多い。「語感」というものにそういう微妙
な「意味」の問題をも含めて、「ニュアンス」ということばで表現する
こともある。

　伝えたい内容を意図どおりの感じで相手に送り届けるため、だれでも無意識のうちにこのハードとソフトの両面から表現をしぼっている。言語表現のプロに近づくほど、意味も語感も最適な一つのことばを早く的確に選び出すようになる。それが日本語のセンスである。

53　「そういう微妙な感覚の違い」とあるが、ここではどういうことか。

　1　日本人は日本語の微妙な違いというものを場面や状況によって上手く使いこなしているが、これはとても神経を使うものである

　2　似た意味の言葉や本来あまり意味に差のない言葉でも、使う場面ごとに相手への伝わり方や感じ方に違いが存在している

　3　日本語には同じような意味の言葉が多く存在しており、場面や状況によって細かく使い分けなければならない

　4　同じような意味の言葉がたくさん存在する日本では、外国人が日本語の微妙な違いを使い分けるまで長い時間を必要とする

54　筆者によると、言葉の「意味」の使用がゆるいとどうなるか。

　1　伝えたい気持ちが正確に理解されないことがある

　2　与える感触、印象などが変わってしまうことがある

　3　印象とは異なった感じを与えてしまうことがある

　4　言いたくないことを伝えそこなうことがある

55 筆者が最も言いたいことは次のどれか。

1 日本語は似た意味でも微妙に感じの異なる言葉を表現する
   際に、その意味と語感を理解して使い分けないと相手に
   不快感を与えてしまう言語である

2 日本語は似たような言葉でもその言葉の意味と言葉の
   持つ相手に与える微妙な感覚の違いが存在しているので、
   それを上手く使い分けられてこそ日本語が上手だと言える

3 日本語のニュアンスはとても細かく、場面や状況に置いて
   細かく使い分けなければいけないが、それは日本人にとっ
   ても大変なことである

4 日本語の細かい語感や意味は日本人にしか理解ができない
   もので、日本人は場面によって言葉を細かく使い分けて
   いるのである

（３）

　現代は用意された商品的「楽しさ」が多すぎる。一例を挙げれば、「工作をしたい」「なにかを作って楽しみたい」という人のために、懇切丁寧な「工作セット」なるものが売り出されている。木材が全部その形に加工されていて、接着剤も入っている。組み立て説明図に従って、指定された順番のとおりに作れば、はい、できあがり。①そういうものが、今の世の中にあふれている。自分で材料を集めるよりも手軽で、ときとして安い。道具をそろえる必要もない。劇的に楽なのは、「何を作ろうか」「どう作ろうか」と考えなくて良いことだ。こんな気楽なことはない。安いし楽だし、できあがったものは、もしかして自分で考えて作った場合よりも見てくれが良いかもしれない。良いことずくめではないか。いったい、何が悪いというのか？

　なにも悪くない。誰も悪くない。そういう親切な（注1）キットを売り出す人は、きっと入門者に対する親切心から、（注2）至れり尽くせりの状況を用意するのだろうし、②そこまでしてやらないと、今の子どもたちは本当にものを作ろうとしない。手を差し伸べなければならないのだ、という使命感がこういった商品開発を推進するのだろう。

　しかし、そもそも工作というのは、楽をするために行うものだろうか？ラジオを作るキットがあるが、あれを作る人は、ラジオが欲しいのだろうか？　そういう時代は過去にあったが、今はそうではない。

工作は、楽しむためにする行為なのである。簡単な工作セットを説明

書どおり作った気でいても、そばで見たら、それは明らかに、「作ら

されている」姿である。

（注1）キット：機械など、組み立て材料一式。

（注2）至れり尽くせり：行き届いた。丁寧。

56　「①そういうものが、今の世の中にあふれている」とあるが、

それはどういうことか。

1　現在は工作を楽しみたいと思ったら、便利でしかも自分で

　　考えたものよりも優れている工作セットが簡単に買える

　　ということ

2　現在の社会では何かを楽しもうとした際に手間暇かからずに、

　　誰にでも優しく簡単ですぐに出来るように工夫された楽しさが

　　多いということ

3　現在の社会では組み立て図の通りに作れば、どんなものでも

　　うまく作れるマニュアルというものが多く存在していると

　　いうこと

4　現在の便利で何でも安く手に入るようになった社会では、

　　何かをする際にその道具を準備する必要が無く、レンタル

　　すればいつでも使えるということ

57 「②そこまでしてやらないと」とあるが、そうしないと
どうなるのか。

1 苦労する楽しさを知らずに、ただ作る楽しさを求めようと
する子どもは工作をしようというする意欲が出ない

2 考えることを煩わしく感じている現代の子どもには、
工作する辛さを感じさせることができない

3 簡単ですぐに作れる工作でないと現代の子どもは関心を
示さず、工作の楽しさを伝えることができなくなる

4 大人から子どもまで一緒に楽しみながら工作をしようと
する雰囲気を出させることが出来なくなる

58 筆者によると、今の「工作」とは何か。

1 工作とは作り手が苦労を重ねて欲しいものを作ったように
見えるが、その実はただ売り手に作り出させられているに
過ぎないのである

2 工作をするという行為は今も昔も苦労を経験して、完成した
喜びを感じるものであるが、現代ではそれが失われてしまっ
ているのである

3 工作とは必要なものを如何に工夫を加え使いやすくして、
それを作る過程でさまざまなことを想像しながら作る
ということを学ぶものである

4 工作とは昔から楽しむための行為であり、その過程を如何に
楽しみながら自身の満足のいく作品を完成させるかが一番
大事なのである

問題10　次の文章を読んで、後の問いに対する答えとして最もよいものを、1・2・3・4から一つ選びなさい。

問題10~13影音解析

　自然を守れという。自然に抱かれて人間性を回復せよという。では、とばかりに排気ガスと騒音をまきちらして高速道路を突っ走り、山や森や海辺の自然の中に乱暴に飛び込む人がいかに多いことか。理不尽な話である。矛盾した（注1）所業である。そんな無理をおかさなくても、われわれには自然の懐に抱かれる方法がいくらでもある。悠久の太古に還る方法がある。その一つに道具を使って物をつくることがある。いや作らなくてもいい。無心に加工するだけでもいい。モノの手ざわり、材質、質感が、道具を通じてたしかめられる。そうして道具は、人とモノとの対話の通訳者になってくれる。たとえばナイフで木を削る。硬い木、軟かい木、素直な木、くせのある木、香りのたかい木。同じ木でも削り方によっては、意外な抵抗をしめす。そのモノとの対話の中で、われわれは、自然にふれ、①太古の人間の心に還ることができる。「人間は道具をつくる動物だ」というのは、有名な（注2）ベンジャミン・フランクリンの言葉だといわれる。人類学的にもヒトの出現は、たとえどんな原始的なものでも、なんらかの加工がみられる道具と火の使用とをもって立証の方法とされている。

　いいかえれば、道具は人類の出現とともに古いものである。その道具をもって②モノに働きかけ、語りかける。そこにも自然があり、太古の人間性への復帰があると私は考える。自然は、マイ・カーや（注3）ごった返した週末列車の彼方にだけあるのではなく、道具箱の道具を手にして日曜大工をはじめた、そのあなたの作業そのものの中にも呼び戻されているのである。ナイフで鉛筆を削る、その行為の中に、甦ってくるのである。

　デパートの文房具売場で、「ママ、この鉛筆削り、手で回すんだよ」と、さも驚いたような子供の声を耳にして、こんどはこちらが驚いた。③事態はついにここにまで至ったか、ととっさに思ったからである。

（中略）

　昔の小学生にとっては、鉛筆を削ることが重要な自己学習であった。（注4）掛け算の九九を覚えるのと同じ、あるいはそれ以上の意味をもっていた。彼らは感覚を通じて木を知り、木のクセを知り、その香りをかいだ。それはおそらく原始の洞窟の中で、あるいは竪穴の住居の中で、父や兄の作業を見よう見まねで矢を削り、弓をつくっていた子供たちと共通する経験だっただろうと思う。（注5）むんむんとする草いきれのように、ありあまるほどの自然がそこにはあった。

（注1）所業：行い、行為。

（注2）ベンジャミン・フランクリン：Benjamin Franklin アメリカ
合衆国の政治家、外交官、著述家など。

（注3）ごった返した：込んでいる。

（注4）掛け算：乗算の九九。

（注5）むんむんとした：蒸し暑い。

[59]　「①太古の人間の心に還る」ということを、具体的に述べた
ものは次のどれか。

1　道具の作りと立証方法を見つけ、自然という母体に近づいて
いった

2　なんらかの加工がみられる道具と火の使用

3　彼らは感覚を通じて木を知り、木のクセを知り、その香りを
嗅いだ

4　原始の洞窟や竪穴の住居の中で、矢を削り、弓をつくって
いた

[60]　「②モノ」という語はどのような意味で使われているか。

1　人間と自然の絆

2　自然そのもの

3　道具を使ってつくるもの

4　自然と結びついた素材

61 「③<u>事態はついにここにまで至った</u>」とはここではどのような
ことか。

1 作業をやっているうちに自分のことを忘れてしまったこと

2 道具をもってモノに働きかけ、語りかけることを忘れたこと

3 子どもたちが道具を使うことも忘れたこと

4 手を使う道具がなくなろうとしていること

62 筆者が言いたいことは次のどれか。

1 人は自然の中に飛び込むだけではなく、道具を用いて実際に
物を作るという行為からでも自然を感じることが出来るので
ある

2 太古の昔から人間は道具をつくる動物で、道具を作ること
でしか自然を直に感じることができないのである

3 現在の社会では自然の多くが破壊されて、人間は自然を
感じることが難しくなってしまったのである

4 自然を感じるということは、子どもの時に鉛筆を削るのと
同じように、自己学習するものである

問題11　次のＡとＢの文章を読んで、後の問いに対する答えとして最もよいものを、1・2・3・4から一つ選びなさい。

A

　２３６４億円の税の無駄遣いと不適切な経理処理のあったことが、（注1）会計検査院の昨年度検査で明らかにされた。史上最高の規模だ。これらは検査院が検査した範囲で判明した分であり、氷山の一角にすぎまい。実態はさらに深刻とみたほうがいい。

　余った予算を、物品などを発注したことにして業者にプールする「預け」という手口は、（注2）省庁や自治体で横行していた。事業の役割が終わっているにもかかわらず、（注3）事業費を国庫に返さずにため込む「埋蔵金」もあちこちで発掘された。

　（中略）

　検査院がこれまでに指摘した不正経理のうち、改善されていないものが４８１件、１３１億円分もあった。そこで、検査院に改善を命じる権限を与え、不正経理を罰することも検討すべきだ。会計検査院は憲法で設置が定められ、政治的に中立な立場を貫くために内閣から独立した機関となっている。政権交代前には、当時の与野党が検査院の強化法案を提出したが、いずれも廃案となった。政府と国会は、あらためて必要な法制化に取り組んでほしい。

B

会計検査院は国の2008年度決算の検査報告で、合計2364億円の税金の無駄遣いを挙げた。過去最多の07年度を8割も上回る新記録だ。件数は717件で前年度の981件を下回ったが、100億円を超す大きな案件が多かった。

厳しい財政状況を乗り切るためにも、民主党ら与党はその人員や機能の強化に加え、検査院の独立性を高める制度改革を大いに進めるべきだ。

08年度報告では国、地方で横行する不正経理が目立った。架空取引で業者に代金を払い、後で別の物を納入させる「預け金」が代表例だが、契約前に納入して後で日付を操作するような新たな手口もあった。

補助金が有効に使われなくなったのに国に戻さず、既得権のように抱え込むのは納税者への裏切りだ。民主党は税金の無駄排除を掲げるが、それならば不正やごまかしを許さない体制を強めるべきではないか。

（注1）会計検査院：日本の行政機関のひとつ。決算検査報告を
　　　　　　　　　作成することを主要な任務とする。

（注2）省庁：日本における行政機関を意味します。

（注3）事業費：ここでは、国直轄事業の経費。

63 AとBのどちらの記事にも触れられている内容はどれか。

　1 各省庁が行っている不正経理のやり方

　2 各省庁が行っている経費削減の具体例

　3 税金の無駄遣いを指摘された件数

　4 検査院が指摘したいまだ改善されていない不正経理の件数

64 会計検査院の将来について、Aの筆者とBの筆者は
どのような立場をとっているか。

　1 AもBも、ともに明確にしていない

　2 AもBも、その機能を強化すべきだとしている

　3 Aはその機能を強化すべきだとしているが、Bは強化する
　　必要はないとしている

　4 Aはその機能を強化する必要はないとしているが、
　　Bはその機能を強化すべきだとしている

問題 12　次の文章を読んで、後の問いに対する答えとして最もよいものを、1・2・3・4から一つ選びなさい。

　旅とは単に一点から一点への移動を意味しない。ただの移動が問題ならば、たしかに能率的に無駄なくおこなわれるのが望ましい——かどうか、とにかくそうなるのが（注1）いきおいで、理想的には、魔法の杖の一ふりで、東京から瞬時のうちに九州まで行ければいいのだろう。

　なるほど新幹線のシステムは、時間もどんどん早くなるわ、切符を買うのも電話のダイヤルを回すだけですむわで、①だんだん魔法の杖に近くなってきている。しかし、旅というものは、移動そのものではなく、移動の過程が大事なのだ。私の子供ですら、それを直感的に感じとっていて、九州へ行くのにも、行きは新幹線でいいけれども帰りは寝台列車にしなければいやだと（注2）注文をつける。それで、寝台列車で何をしているかというと、いつまでもごそごそと、ブラインドの陰から外を見ているらしい。夜が明けると、「ぼくは何時まで起きていた」「わたしは何時まで」と変なことを自慢し合う。しかし、私は、「何だおまえたち、せっかく寝台車に乗ってずっと起きているんなら意味ないよ、ばかだな」と②おこる気にならない。

　自分でもそういうばかなことをした経験をもっているからである。真夜中の小さな駅。ホームには思いもかけず（注3）うっすらと雪が

降り積もって、低い声で駅名を告げながら歩く駅員の足跡が点々と黒く残っている。柱からつき出た裸電球の光が、(注4) ブラインドをあげた寝台の中にいっぱいにさし込む。がらんとした駅舎には人の気配もない。朝が来ないなかのこの町で、人はみな眠りについているだろうに、汽車に揺られて来た自分ひとりが、寝もやらず、夜の景色を眺めている。景色といったところで、駅を出ればまた闇の中に点々とあかりが瞬いているばかり......子供の私がいったい何を考えていたのかは少しも記憶にはないが、旅をしているのだという実感を、そういうときにこそしみじみと味わっていたような気がする。夢というか、ロマンというか、気まぐれというか、言い方はなんだっていいのだが、ともかく③旅には必ずこんな要素があるもので、それは新幹線的な能率とか、実用性、合理性とはなんのかかわりもない。それは「もの」の論理を離れた精神の自由な飛翔、つまり「あそび」にほかならない。この頃は、非日常性の追求などときいたふうな口がきかれるけれども、「なにか閉じこめられたような感じのする」新幹線に積みこまれ、着いた先では観光バスに詰めこまれ、宿屋に押しこまれて、ただ (注5) コンベヤーに乗っかったような旅ならば、国電に積みこまれ、会社に詰めこまれ、マンションに押しこまれている日常と比べて、さっぱり変わりばえがしない。

（注1）いきおい：なりゆきで、必然的で。

（注2）注文をつける：希望や条件を言う。

（注3）うっすらと：少しだけ、僅かに。

（注4）ブラインド：日よけなどの目的で窓に取りつける簡単な
建具。

（注5）コンベヤー：部品などを自動的に連続運搬する機械装置。

65 「①だんだん魔法の杖に近くなってきている」とありますが、
ここではそれはどういうことか。

1 実際の生活の中で何かをしようとする際に掛かる手間が
短くなって、簡単にできてしまうということ

2 新幹線は魔法を使ったかのように、短い時間で遠くまで
移動できて、誰にでもそれが利用できるということ

3 人々が移動する際に掛かる時間が減り、電話などで切符を
買えたりと、理想的な世の中になってきているということ

4 旅をするときに、魔法の杖のように瞬時に遠くまで移動できる
ようになれば、世の中はどんなに便利になるということ

66 「②おこる気にならない」とあるが、その理由は何か。

1 自分もそのようなことをしたことがあったから

2 寝台料金の方が安いと思ったから

3 子供は時に馬鹿になれるぐらいでなければならないと
考えているから

4 旅の実感を味わうことこそが大事だと考えたから

67 「③旅には必ずこんな要素があるもので」とあるが、「こんな要素」とはどういうことか。

1 旅をするということは電車に乗りながら、いつまでも夜景を眺めて、朝を迎えるという経験が含まれるものであるということ

2 旅をしている途中には、今まで見たことのない田舎を見たり、経験したことのない体験をする要素があり、誰しもそれを体験できるということ

3 旅の途中で夜景を眺めたり、何かを想像したりと、どんな旅にでも必ずあそびの要素が存在しているということ

4 子どもが旅をする際に、そのときの記憶があいまいで、何を考えていたのかがよく分からなくても、旅をしたという実感は残るということ

68 筆者が最も言いたいことは次のどれか。

1 新幹線や電話など、さまざまな物が存在し、便利な世の中になってはいるものの、旅をしている際には、そんなことは関係ない

2 時代がどんなに発達して、どれほど便利になったとしても、旅をするということは目的地に行けばよいというものではなく、その過程も楽しむものである

3 旅の目的地に着くために、新幹線や観光バスを利用してはその面白みが半減してしまい、本当の旅ではなくなってしまう

4 旅とは日常生活には存在しないものを求めるためにするもので、目的地のことはそれほど重要ではない

問題13　以下は桜大学のコンピュータ実習室の利用案内である。次の問いに対する答えとして最もよいものを、1・2・3・4から一つ選びなさい。

69 桜大学の学生である武田君は夏休みに日曜日にコンピューター実習室を利用したいが、彼は何をしなければならないか。

1 情報センターホームページで確認した上で、電話で予約しなければならない

2 情報センターに電話して予約した上で利用しなければならない

3 情報センターにメールして予約した上で利用しなければならない

4 情報センターホームページで確認した上で、メールで予約しなければならない

70 この利用案内に合っているものは次のどれか。

1 五月の土曜日にコンピューター実習室を利用できるのは黄キャンパスと赤キャンパスだけだ

2 五月の土曜日にコンピューター実習室を利用できるキャンパスは二つある

3 禁止事項を守っていなくても利用停止処分とされることはない

4 コンピューターを使ったまま長時間を離席してもいいが、飲食物の持ち込みは禁止されている

桜大学のコンピュータ実習室の利用について

A：授業期間中（4月上旬～7月下旬、9月下旬～1月下旬）は、以下の場所・時間でコンピュータ実習室を利用できます。

B：授業期間外（7月末～9月中旬、1月末～4月上旬）情報センターホームページで開室を確認してください。

キャンパス	開室曜日	時間	予約	備考
緑キャンパス	月曜から木曜まで	8:45～20:15	必要	電話予約のみ
黄キャンパス	月曜から金曜まで	9:00～18:35	必要	電話予約のみ
赤キャンパス	火曜から土曜まで	9:00～18:00	不要	
青キャンパス	土曜から日曜まで	8:45～16:50	必要	メール予約のみ

【実習室利用上の注意点】

★ コンピュータの利用終了時、必ず電源を切り、ゴミを片付けてください。

【実習室利用上の禁止事項】

× 実習室内での飲食・喫煙・飲食物の持ち込み

× ソフトウェアのインストールや、不法なソフトウェアの利用

× テキストやプリンタ用紙などの実習室外への持ち出し

× コンピュータを起動したままでの長時間離席

× 過度の私語や携帯電話での通話など他の利用者の迷惑になる行為

× 公序良俗に反するサイトの閲覧

× 上記各事項を遵守しない場合は、情報センターにて追跡調査し、
　厳重注意（度合いによっては利用停止処分）とします

電話：03-********　　　　　メール：office@***-u.or.jp

>> 簡 易 估 算 表 <<

1. 第一部分：文字.語彙.文法

第一部分之合計總分為 60 分 (最低合格門檻 19 分)

按比率計算：第一部分得分 Ⓐ[　　　]分 × 60 ÷ 76 ＝ [　　　]分

	答對題數	每題配分	得 分
問題 1		1 分	
問題 2		1 分	
問題 3		1 分	
問題 4		2 分	
問題 5		2 分	
問題 6		2 分	
問題 7		3 分	
合 計			Ⓐ

----

2. 第二部分：読 解

第二部分之合計總分為 60 分 (最低合格門檻 19 分)

按比率計算：第二部分得分 Ⓑ[　　　]分 × 60 ÷ 75 ＝ [　　　]分

	答對題數	每題配分	得 分
問題 8		3 分	
問題 9		3 分	
問題 10		3 分	
問題 11		3 分	
問題 12		3 分	
問題 13		3 分	
合 計			Ⓑ

第四回 答 案

題號	1	2	3	4	5	6	7	8	9	10
ANS	3	4	3	1	4	4	1	1	1	1

題號	11	12	13	14	15	16	17	18	19	20
ANS	2	4	3	4	2	3	4	1	3	4

題號	21	22	23	24	25	26	27	28	29	30
ANS	1	4	2	3	2	3	2	1	3	4

題號	31	32	33	34	35	36	37	38	39	40
ANS	3	2	3	4	3	4	2	2	3	4

題號	41	42	43	44	45	46	47	48	49	50
ANS	2	1	2	4	1	1	2	2	1	2

題號	51	52	53	54	55	56	57	58	59	60
ANS	3	3	2	1	2	2	3	1	3	3

題號	61	62	63	64	65	66	67	68	69	70
ANS	3	1	1	2	3	1	3	2	4	2

**第四回 重組練習題 ANS

(36) 1-4-3-2　　(37) 4-2-1-3　　(38) 3-1-2-4

(39) 4-2-3-1　　(40) 1-4-2-3

第 五 回

>>> 言語知識（文字・語彙）<<<

問題1 ＿＿＿＿のことばの読み方として最もよいものを、
1・2・3・4から一つ選びなさい。

1 この木の<u>幹</u>はとても太く、切ったらいいものができる。
  1 みき　　　　2 くき　　　　3 こずえ　　　　4 たね

2 「統一入試廃止の方向性は<u>妥当</u>だ」という意見は多数を
  占めている。
  1 たどう　　　2 だとう　　　3 だどう　　　　4 たとう

3 頭が見えないのは、その人がきっと<u>俯</u>いているからだろう。
  1 あおむいて　　　　　　　2 うなずいて
  3 うつむいて　　　　　　　4 うずむいて

4 専門家によって<u>地盤</u>の土の種類がより正確に判断された。
  1 ちはん　　　　　　　　　2 じぱん
  3 ちばん　　　　　　　　　4 じばん

5 あなたの 2024 年上半期の運勢を占います。

1 うえはんき 　　　　　　　 2 じょうはんき

3 げはんき 　　　　　　　　 4 かみはんき

6 恋愛での頼しい男とは、どんな男だと思いますか。

1 たのもしい 　　　　　　　 2 たのましい

3 たよりしい 　　　　　　　 4 たよしい

問題 2 （　　）に入れるのに最もよいものを、1・2・3・4 から一つ選びなさい

7 八十年も歩んできた人生を振り返ってみると、実に感慨 （　　）だ。

1 無限 　　　 2 無量 　　　 3 無力 　　　 4 無能

8 それは（　　）理解できますが、実際は許せない行為です。

1 心情的には 　　　　　　　 2 感情的には

3 情緒的には 　　　　　　　 4 情動的には

9 このアニメーションでは、犬の（　　）がいきいきと動き出し、大冒険を繰り広げる。

1 コスチューム 　　　　　　 2 キャラクター

3 エレガント 　　　　　　　 4 ギャング

10 彼は初対面なのに（　　）態度で話しかけてきた。

1 よそよそしい　　　　　　2 なれなれしい

3 そっけない　　　　　　　4 しつこい

11 面白い新聞記事を（　　）おいた。

1 切りたてて　　　　　　　2 切りだして

3 切りおとして　　　　　　4 切りとおして

12 先生、この子、一人っ子で甘えて育っていますので、（　　）
注意してください。

1 ぎしぎし　　　　　2 どしどし

3 びしびし　　　　　4 みしみし

13 これは参加者たちの意見を（　　）して決めたものだ。

1 加入　　　　2 加減　　　　3 加味　　　　4 加工

問題3 ＿＿＿に意味が最も近いものを、1・2・3・4から
一つ選びなさい。

14 これは山田さんの作品を模倣して作られたもので、原作ではない。

1 ジレンマ　　　　　　　　2 ジャンル

3 オリジナル　　　　　　　4 リサーチ

15 貧弱な体格をしているが、あの男は案外人にやさしいらしい。

    1 みずみずしい

    2 みすぼらしい

    3 ややこしい

    4 まぎらわしい

16 制服がないので、学生たちはさまざまな服装をしている。

    1 まちまち   2 たちまち

    3 そこそこ   4 かちかち

17 妻が主人をそそのかして株を買わせたおかげで、主人は
大損するはめに陥った。

    1 ぶつけて   2 けしかけて

    3 あえて   4 ふれて

18 今日はバスが遅れることなく、ちょうど時間通りに到着した。

    1 あしからず   2 きっかり

    3 いまだ   4 いたって

19 今日の試験はひどく難しかったから、六十点を取る自信がない。

    1 おおいに   2 ろくに

    3 じかに   4 やけに

問題4 次の言葉の使い方として最もよいものを、1・2・3・4から一つ選びなさい。

[20] 機能

1 病気の予防に役立つバナナの機能は医学的に立証された。

2 ビール酵母の機能として、一番有名な機能は、ダイエット効果である。

3 緊急避難口はあったが、機能していなかった。

4 このドラマの主役の機能を詳しく教えてくれてありがとう。

[21] 揺らぐ

1 後ろに垂らした髪の揺らぐ様子が印象的だった。

2 昨日からこの小さな花が風に揺らいでいる。

3 年下の息子の歯がもう揺らいでいる。

4 巨額の損失を計上するなどで、経営が揺らいでいる。

[22] 連携

1 経営陣と社員が連携的に経営権を握るという方式でやる。

2 救急隊と消防隊が連携して救命処置を行うことはいいことだ。

3 一部の名前だけが項目名と連携している。

4 被災者への義援金にご連携いただいた皆様、誠にありがとうございます。

23 ナンセンス

1 小さいことを重ねることがナンセンスなところに行くただ
一つの道だ。

2 始めから最後まで、彼の振る舞いはすべてナンセンスして
いるものだ。

3 「集中しなさい」と子どもに命ずることは全くのナンセンスだ。

4 あいつはナンセンスなパスポートを使って、外国へ逃げて
しまった。

24 切ない

1 笑顔を見られましたが、同時に切なさも感じました。

2 最初の結婚で切ない目に遭った彼女を気の毒に思っている。

3 二階から落ちて怪我したところが切なくてたまらない。

4 あしにまめができたので、歩き切ない。

25 斡旋

1 子どものころ父と母の夫婦喧嘩の斡旋ばかりしていたような
気がします。

2 離婚の斡旋ですが、何かいいアドバイスがありますか。

3 この土地にうとい私は就職の斡旋を友人に頼みました。

4 原告と被告の間で斡旋が成立した。

問題5~7影音解析

第 五 回

>>> 言語知識（文法・読解）<<<

問題5 次の文の（　　）に入れるのに最もよいものを、
　　　　1・2・3・4から一つ選びなさい。

26 毎年のように（　　）応募しているが、入選した
　　ことは一度もない。
　　1 小説を書きながら　　　　　2 小説を書いても
　　3 小説を書いては　　　　　　4 小説でも書こうと

27 彼は40歳にもなって（　　）働かずに親からの援助を
　　受けている。
　　1 まともに　　　　　　　　　2 あながち
　　3 むしょうに　　　　　　　　4 いやに

28 申し訳ございません。田中はただいま席をはずしております。
　　（　　）。
　　1 私でよろしければご用件を承りますが
　　2 私でよろしければご用件をお聞きになったんですが
　　3 私がよろしければご用件を承りますが
　　4 私がよろしければご用件をお聞きになったんですが

29 世界経済の自由化の波はすごいものだ。米は一粒たりとも

（　　）人々も、もうそんなことは言っていられなくなった。

1 輸入させていただいだ

2 輸入されようともしなかった

3 輸入させないといっていた

4 輸入していられなくなった

30 今までにも何回も失敗しただろ！今度また失敗したら、（　　）。

1 辞表でもださないわけでもない

2 辞表だけではすまされないぞ

3 辞表までださせないではおかない

4 辞表さえもすまないんだ

31 お腹が空いた（　　）、足が痛い（　　）って言わないで、

ちゃんとスケジュールに従ってやりなさい。

1 とも　　　　2 にしろ　　　　3 であれ　　　　4 だの

32 食べ物の好き嫌いは（　　）、お酒はまったくだめです。

1 これというとなんでもないが

2 これといえばいえますが

3 これといってないんですが

4 これといったことじゃないが

33 わが家は、部屋の壁（　　）壁に、子供の賞状を貼っている。

1 といった　　2 という　　3 とする　　4 とある

34 山田さんの実力（　　）、このプロジェクトを完成させられる
はずだ。

1 にかぎりでは

2 にしてみれば

3 におかれましては

4 をもってすれば

35 もう大学生になっているのだから自分のことは自分で（　　）。

1 決めたてまえ　　　　　　2 決めたとか

3 決めるやら　　　　　　　4 決めたまえ

問題6　次の文の＿＿★＿＿に入る最もよいものを、1・2・3・4から一つ選びなさい。

36 テコンドーでは試合終了の ＿＿＿＿　＿＿＿＿　＿★＿＿　＿＿＿
試合場を飛び跳ねたりしています。

1 大げさなガッツポーズで

2 やいなや

3 勝者が

4 ブザーが鳴る

37 三年前に来日した約90人の _____ ＿★＿ _____

_____ 方針を打ち出した。

1 その滞在期限を来年夏まで

2 看護師候補について

3 1年延長する

4 日本政府は

38 これらは _____ _____ ＿★＿ _____ 増加の一途を

たどっています。

1 エネルギー消費量は

2 人口増加に伴い

3 生活レベルの向上や

4 限りある資源でありながら

39 これらすべて _____ _____ ＿★＿ _____

感謝いたします。

1 従業員一同心より　　　　2 ものと

3 お客様の　　　　　　　　4 ご協力あっての

40 腰に _____ ＿★＿ _____ _____ ことが多い。

1 運動はおろか　　　　　　2 痛みがあると

3 いろいろ不便な　　　　　4 日常生活でも

問題7 次の文章を読んで(41)から(45)の中に入る最もよいものを、1・2・3・4から一つ選んでください。

　私がここで説こうとするものは、韻文でない文章、すなわち散文のことでありますから、それはあらかじめご承知を願っておきます。

　そこで、韻文でない文章だけ　41　、実用的と芸術的の区別はありません。実用的な目的で作られる文章も、芸術的に書いた方が効果があります。昔は口でしゃべることをそのままに書かず、文章のときは口語と違った言い方をしまして、言葉づかいなども、民間の俗語を用いては　42　と思い、わざと実際に遠くするように修飾を加えた時代がありますので、あの美文のようなものが役に立ったこともありますけれども、今日はそういう時代でない。現代の人は、どんなにきれいな、音調の麗しい文字を並べられても、実際の理解が伴わなければ　43　。礼儀ということも、全然重んじないのではないが、高尚優美な文句を聞かされたからといって、それを礼儀とは受け取らない。第一我々の心の動きでも、生活の状態でも、外界の事物でも、　44A　に比べればずっと変化が多くなり、内容が豊富に、精密になっておりますから、字引をあさって　44B　が使いふるした言葉を引っ張ってきたところで、　44C　の思想や感情や社会の出来事には当てはまらない。それで、実際のことが理解されるように書こうとすれば、なるべく口語に近い文体を用いるようにし、俗語でも、新語でも、ある場合には

外国語でも、何でも使うようにしなければならない。

　45A　、韻文や美文では、分からせるということ以外に、目で見て美しいことと耳で聞いて快いこととが同様に必要な条件でありましたが、現代の口語文では、もっぱら「分からせる」「理解させる」ということに重きを置く。　45B　も備わっていればいるに越したことはありませんけれども、それにこだわっていては間に合わない。実に現代に世相はそれほど複雑になっているのでありまして、文章の役目は手いっぱいなのであります。

41

1 からいえば　　　　　　　2 にしていわせれば

3 についていえば　　　　　4 ともいうと

42

1 人間性にあふれている　　2 礼にかけている

3 口語に合わない　　　　　4 目的を果たせない

43

1 通じる文とはならない

2 口語にはあたらない

3 コミュニケーションでなくはない

4 美しいと感じない

44A-B-C

1 昔　　　/　　現代の人　　/　　現代

2 現代　　/　　昔の人　　/　　現代

3 昔　　　/　　昔の人　　/　　現代

4 昔　　　/　　昔の人　　/　　昔の

45A-B

1 とにかく　/　どちらかの条件

2 結局　　　/　　いずれの文

3 要するに　/　どれの文

4 つまり　　/　　ほかの二つの条件

NOTE

問題8　次の（1）から（4）の文章を読んで、
　　　　後の問いに対する答えとして最もよい
　　　　ものを、1・2・3・4から一つ選びなさい。

問題8.9影音解析

（1）

日本には、なぜ、木で作った家が多いのだろうか。

その大きな理由は、日本には、家を作るのによい木がたくさんある、ということである。杉、ひのきなどの木が、日本中、どこにでもあって、手に入れやすいのである。また、木で作った家は、しめりけが部屋の中にこもらない、という理由もある。日本は、世界でも、特に雨の多い所なので、空気のしめっている時が非常に多い。そのため、日本では、しめりけが部屋の中にこもらないような建て方が大切になってくる。木で作った家は、石や煉瓦の家より、風通しがよいので、しめりけが部屋の中にこもることが少ない。それから、木で作った家は、わりあい地震に強いということもある。日本は、地震が非常に多い所である。石や煉瓦の家は、地震の時崩れる心配がある。しかし、木で作った家は、崩れにくい。

46 「木で作った家」について正しい説明をしたのは次のどれか。

1 木で作った家は石や煉瓦で造った家よりも丈夫で、風通しも
とても良いので、雨の多いところでも、しめりけが部屋の
中にこもらない

2 日本には家を作るための木がたくさんあって、木で作った
家は石や煉瓦の家よりも地震に強く、風通しも良いが、
しめりけには弱い

3 地震やしめりけの多い日本では、風通しがよく、地震にも
強い木の家が適していて、そのため、石や煉瓦の家よりも
木の家が多い

4 日本には石や煉瓦と比べて、家を作るのに適した良い木が
たくさんあり、しかも木は加工がしやすいので、日本の
家は木で作られたものが多い

（2）

　小説の文章というものは事物をうつすことが多い。論文や随筆では事物をうつすのではなく、考えをうつすのである。考えを文字にかくのである。ところで考えというものは大部分言葉の形で我々の頭にあらわれるものであるから、書く方でも言葉を文字にうつすのであるし、又読む方でも、文字を言葉にかえる労力だけですむのである。ところが、言葉で事物をうつすことになると、事物そのものは言葉ではないのだから、そこに一つのギャップがあり、読む方でも文字をよんで言葉をたどればよいのではなく、これを一々事物に翻訳して頭の中に事物を想いうかべながら文字をたどっていかなければならない。<u>ここに小説をよむ上の労力が加わってくる</u>。

47　「<u>ここに小説をよむ上の労力が加わってくる</u>」とあるが、ここでの「労力」とはどういうことか。

　　1　小説家のイメージした事物を自分なりのイメージになるように文字をたどること

　　2　言葉の形で現れた事物を、小説家がどのようなものとして想像していたのか考えていくこと

　　3　小説家のうつした事物を想像しながら書かれた文字を読んでいき、それを言葉にしていくこと

　　4　小説家の頭の中に現れた考えを文字を通して再び言葉にすること

（３）

　よく知っている人を相手に自己を語るのは簡単だが、お互いによく知らない相手に自己を語るというのは非常に難しい。よく知っている相手との間には共通の文脈ができあがっているので、その文脈にふさわしい自分を提示していけばよいから、ほぼ自動化した形で自己を語ることができる。たとえば、相手がこちらのことを勇ましい豪傑とみなしているなら、自分の中の（注）武勇伝的なエピソードを中心に語ることになるだろうし、相手がこちらのことを温厚な紳士とみなしているなら、自分の中のおだやかな部分を中心に語ることになるだろう。相手との文脈によって語り分けるからといって、けっしてだましているわけではない。どちらもうそではないのだ。

（注）武勇伝：　勇ましい手柄話。

48　「どちら」とあるが、ここでは何を指しているか。

　　1　知らない相手に対して、自己の本当の姿を語ること

　　2　知らない相手に語る自己の武勇伝と、穏やかな部分のこと

　　3　知っている相手と語り合う際に相手が思っている自己の姿を語ること

　　4　知っている相手の話に合わせて自己の紳士的な所を伝えること

（4）

「人にやさしい」とは、「生物であるヒトのデザインと大きくは違わない」と言い直せるのではないかと思います。また、環境も多くの生物が作り上げているものであり、環境にやさしくなるには、当然、生物のデザインを無視することはできません。ここでも「生物のデザインと大きく違わない」ことが必要になってきます。

今までは自然を効率よく破壊するものほど良い技術とされてきました。だから技術とは本質的に自然と相性の悪いもの、その相性の悪さを誇ってきたのです。でもこのような従来型の技術から、そろそろ卒業しなければならない時期に来ていると私は思っています。生きものに学び、生きものや自然と相性の良い技術をさぐっていくのが、これからの進むべき方向でしょう。

49 筆者が言いたいことは次のどれか。

1 これまでの技術とは自然と相反するものであり、自然を効率よく破壊してきた技術が良いとされていたが、現在はその過渡期を迎えている

2 本来の技術と言うものは人にやさしく、生物に厳しいものではあるが、現在では自然と相性の良い技術が求められているのである

3 環境を守るには生物のデザインを無視することは出来ず、
自然と対照的な立場にある技術をなくす事から始めなければ
ならないだろう

4 自然や生き物と相性が悪いという技術の従来の形を変化させ、
自然や生き物に対して優しく相性の良い技術をすぐにでも
作るべきである

問題9　次の（1）から（3）の文章を読んで、後の問いに対する答えとして最もよいものを、1・2・3・4から一つ選びなさい。

（1）

　かつては「必要は発明の母」であった。技術は物質的な欲望から出発したのは事実だが、必要という飢えが発明という物質的生産へと導いたことを忘れてはならない。精神が物質をコントロールしていたのだ。しかし、現代は「発明は必要の母」となった。発明品を改良して新たな機能を付加することにより、人々に必要であったと錯覚させ、消費を加速したのである。必要と発明の関係が逆転し、物質が精神を先導するようになったと言える。でも、①それでは真の（注）イノベーションはあり得ない。精神的欲望は時間を区切らないが、物質的欲望は短期の目標で進む。現代科学を底の浅いものにしているのは、物質的欲望を第一義としてきたためだろう。②現代科学は物質的欲望に翻弄されていると言えるかもしれない。大量生産・大量消費・大量廃棄こそが現代社会を構築している基本構造であり、買い換え、使い捨てが奨励されている。そして、科学や技術をそれに動員することこそが至上命令になっている。(中略)

　確かに、科学は物質的基盤がなければ進歩しない。実験の技術開発があればこそ仮説が実証され、それを基礎にして新たな知見が得られ

ていくからだ。あるいは、実験によって思いがけない新現象が発見

され、それによって科学の世界が大きく広がったこともある。しかし

ながら、あくまで科学を推進しているのは好奇心や想像力、つまり

創造への意欲であり、精神的欲望がその出発点なのである。それが

萎えてしまえば科学は立ち枯れてしまい、技術的改良のみのつまら

ない内容になってしまうだろう。（後略）

（注）イノベーション：革新すること。刷新すること。

50 「①それ」とあるが、それは何を指しているか。

  1 必要とするものを発明すること

  2 発明したものを必要とさせること

  3 人が求める物質的欲望のこと

  4 人が必要となる物質的生産のこと

51 「②現代科学は物質的欲望に翻弄されていると言えるかも

  しれない」とあるが、それはなぜか。

  1 技術を高め、生活を良くするために必要となるものを

    発明するのではなく、技術を高めるためだけに発明する

    ことが多くなったから

  2 多くの人々にとって必要でもないものが大量に発明されて

    いるにも関わらず、人々はそれに納得しているから

3　技術をどんな人でも手に入れることができるように、
　　身に付けやすい技術のみが発展して来ているから

4　すべてのものを大量に生産し、大量に消費する社会に
　　対応するために、技術の力を入れてきたから

52　筆者はこの文章で、科学が進歩するために必要なものを
二つあげている。その内容として適当なものは次のどれか。

1　物質的欲望と実験の技術

2　物質的基盤と創造への意欲

3　技術的改良と真贋の区別

4　俊敏さとインスピレーション

（2）

　外国語を知らない人にとって、その意味をとるには翻訳を必要と
する。翻訳とは自国語で外国語の意味を（注）近似値的にとらえよう
とする作業である。"原文忠実"などと言うけれども、翻訳に"あるが
ままの翻訳"というものはない。かならず、もとの表現との間にずれ
を生じている。原文を完全に再現することを求めるならば、翻訳は
理論上は不可能になってしまう。これまでもそういう不可能説がおり
にふれて提出されてきた。ところが、実際はさかんに翻訳が行われて
いる。完全に忠実な再現でないからといって、それを禁ずることは
もちろんできない。そういう①いわゆる翻訳をわれわれは何か特別と
見なしがちである。多くの人は、ときに翻訳を手にすることがあって
も、自分では翻訳の作業そのものとは無関係な生活をしていると思っ
ている。はたしてそうであろうか。案外、目に見えない翻訳はたえず
しているのかもしれない。

　作品を読む。そこに書かれていることがすべて読者の熟知した事柄
ばかりということはあり得ない。かりに、そういう作品があればわざ
わざ読む必要もないし、もし読もうとしてもたちまち退屈を感じて投
げ出してしまうであろう。

　未知の問題があらわれれば、読者は想像力をはたらかせて、何とか
わかろうとする。わかったと感じることができれば、そこで②一種の

翻訳が完了しているのである。自己のシステムによって未知の他者を再編成するのが翻訳ならば、ものを読むのは、大なり小なり翻訳的である。理解ということそのものが翻訳的性格をもっている。完全理解ということは言葉の上でしか存在しない。どんなに忠実なようにみえる理解でも、必ず理解側のものの見方や感じ方、先入観などが参加し、その影響を受けているものである。

（注）近似値：誤差が十分に小さいこと。

53 「①いわゆる翻訳」とあるが、ここではどういうことか。

  1 翻訳とは原文忠実とよく言われているが、実際に翻訳する際にはあるがままの翻訳をしようとしても不可能に近いので、あえてずれのある翻訳をしている

  2 本来の翻訳とはずれを生じさせずにあるがままの翻訳をしてこその翻訳で、現在のような意味にずれが生じている翻訳ではない

  3 現在盛んに翻訳されている文章は原文を忠実に再現した物ではないが、禁じようとしても、それらを禁じる方法もなければ法律も存在しない

  4 実際に翻訳されている物は本来の意味とずれが生じているもので、原文忠実というような翻訳でもなければ、あるがままに翻訳することも不可能である

54 「②一種の翻訳」とあるが、ここではどういうことか。

1 人間は誰しも想像力を持っていて読めない本を読もうとした
ときには、その想像力を用いて翻訳することが出来るという
こと

2 知らない物事を理解する際に想像力を働かせて理解するという
ことは、翻訳と同じような性質をもっているということ

3 翻訳というものは想像力を持っている人であれば、未知の
問題に出会っても想像力を働かせて翻訳することができる
ということ

4 熟知した事柄に対して想像力を働かせて更に理解することに
よって、翻訳したときと同じように感じることができるという
こと

55 筆者が最もいいたいことは次のどれか。

1 翻訳というものは特別な物ではなく、誰しも生活する上で
何かを理解する際に自分の見解というものがそこに存在して
おり、それも翻訳と同じである

2 翻訳というものは想像力を持っている人が物事を考える際に、
想像力を働かせて行うことである

3 翻訳というものは原文に忠実にできる物ではなく、必ずズレ
というものが存在しており、それは人が何かを理解する際の
想像力と似ている物である

4 翻訳というものを特別な物として見るのではなく、人が普段
から何気なく働かせている想像力というものと本質は同じで
あると考えるべきである

（3）

　いま、医学の進歩について考えるとき、まさにすさまじいという言葉があてはまろう。医学自体がつぎつぎに細分化され、しかも（注1）めまぐるしく変化してゆくこの世界をみていると、①何か大きな渦の中に巻き込まれて、流されているような気がしてならない。

　そんな医学の世界でも、それが人間を対象とする限り、変わってはならないものは、医師の（注2）ヒューマニズムであろう。臨床医になろうと、研究者になろうと、教育者になろうと、その根底には、豊かな人間性がなければならないと思う。もちろん、今日の高度な医学知識も身につけていなければならないが……。だから、思いやり、いたわる心なども医師にはなくてはならぬ心であり、私も学生に対して、（注3）折にふれ教育しているつもりではある。外見と異なって、それは心の問題であるから一朝一夕のことでは、完成されるものではない。まあ言葉の遣い方とか、誤解されがちな態度のようなものは、後になって心がけ次第で、ある程度は修正できるものであろう。少し（注4）おっとりとしているのも同様で、医師になるのに、それほど支障になるとは思えない。しかし心の問題は、その根本であり、②これを持たない人は、医師になる資格もない。そういつも私は考えている。

（注1）めまぐるしく：次から次へと。

（注2）ヒューマニズム：人間の存在や人権を尊重しようとする

考え方。

（注3）折にふれ：ある機会があるたびに。

（注4）おっとりと：動作などがゆっくりしている様子。

56 「①何か大きな渦の中に巻き込まれて、流されているような気がしてならない」とあるが、ここではどういうことか。

1 すさまじい医学の進歩に圧倒されているが、それに順応していると思っている

2 すさまじい医学の進歩に圧倒されて、それに順応しようとしているに違いない

3 細分化され、変化していくこの世界があればこそ、自分も進歩できるのだ

4 細分化され、変化していくこの世界が、私を育ててくれたのだ

57 「②これ」は何を指しているか。

1 ヒューマニズム

2 心の問題

3 根本

4 正しい言葉の使い方や上品な態度

58 筆者が言いたいことは次のどれか。

1 医学はすさまじく進歩していて、多くの医者が心の問題を
　持つことを無視できないこと

2 医者の心の問題には言葉使いや、誤解される態度や、
　おっとりしているといったものがあること

3 医者にとって医学の知識が必要だが、豊かな人間性も
　欠かせないということ

4 ヒューマニズムは医者になる上で、知識よりも重要で
　必要不可欠であること

問題10~13影音解析

問題 10　次の文章を読んで、後の問いに対する答えとして最もよいものを、1・2・3・4から一つ選びなさい。

　茶道や武道の世界には、「守　破　離」という教えがあります。

　（中略）

　本当に楽しいのはここからです。この段階まで来た人は、自分で創意工夫をしながらいろいろなことが試せるようになります。内容を理解しているため、従来の方法よりもっといい方法はないかと自分で探すことができるからで、そのような能力があるのに何もしないのはもったいないことです。

　そして、①この状態がまさに作法や型を破る「破」の段階です。基本的には、作法や型を手に入れて、そこからさらに出ようと意識して行動した人が進歩を続けられるのです。もちろん、このときの試行錯誤はしっかりとした経験と根拠に基づくものなので、初心者が（注）あてずっぽうで行動するのとはまったく違います。決められた道から外れても、それによって致命的な失敗を犯す危険性は極めて低いし、むしろこのときの行動はより効率的で合理的な方法の創出につながる可能性も大です。

　従来の作法や型を破るというのは、悪いことのように思えます。しかし、変化のあまりない業界ではともかく、現実の世界ではその

ようにしなければいけない場面は意外にたくさんあります。

　それは時代の変化とともに、周囲の条件の変化も必ず起こっているからです。こうした場合は従来の作法や型をそのまま使うことに無理が生じるわけですから、それに合わせて作法や型を変えていくのはむしろ当然といってもいいでしょう。何より条件が変わっているのに従来の作法や型をそのまま使い続けていることのほうが、問題であり危険なことなのです。

　いずれにしても、②このような試行錯誤を何度も繰り返した人は、理解と経験に基づいてこれまでとはまったく別のものを自分の力で新たに生み出すことができます。これが最後の「離」の意味です。このレベルにある人は、従来の技術やシステムを常に効率よく運用できるだけでなく、制約条件の変化や外部からの新たな要求に合わせて全体をつくり変えることもできます。それゆえ「離」に到達した人は「優れた創造力の持ち主」とされているのです。

（注）あてずっぽう：いい加減に推しはかること。

59　「①この状態」とあるが、どんな状態なのか。
　　1　内容を極めて、好きなように創意工夫ができる状態
　　2　何も分からずに、一から少しずつ学び始める状態
　　3　理解し始めて、多くの教えを受けている状態
　　4　理解を増し、いろいろと手を加えることができる状態

60 この文章で言っている「破」は現実の世界で、なぜよく
起こっているのか。

　1 如何なる時代でも先駆者は必ず新たなことに挑戦しつつ、
　　その社会を豊かにさせていくものであるから

　2 どんな事でも時代の変化とともに、それを取り巻く環境に
　　変化が生まれるもので、作法や型も不変というわけには
　　いかないから

　3 「守」の段階を経た人は学んだものに対して、いろいろと
　　工夫などを加えて更により良き型に持っていこうとするから

　4 初心者が当てずっぽうに行動してしまうよりも、経験者が
　　きちんとした知識をもとに「破」を行った方が良いから

61 「②このような試行錯誤」とあるが、それは何を指しているか。
　1 時代の変化や条件に最も適した手法や考え
　2 従来の作法や型よりも優れたより良いもの
　3 新たな条件を探し出そうとする行動
　4 現実世界に存在している手法や型への理解

62 筆者によると、「破」と「離」との違いは次のどれか。
　1 存在しているものに工夫を加える「破」と、時代に合わせた「離」
　2 既存のものを打ち壊す「破」と、新たなる物を生み出す「離」
　3 学んだことを応用する「破」と、更に多くの工夫を加える「離」
　4 従来のものに変化を加える「破」と、保守的にあるものを
　　守る「離」

問題11 次のAとBの文章を読んで、後の問いに対する
答えとして最もよいものを、1・2・3・4から一つ
選びなさい。

A

　最近、プロサッカーのリーグ戦を春から秋にかけて行う春秋制から秋から春に行う秋春制に変更しようということが話題になっている。この問題はさらに深く議論する必要があると思っているが、サッカー界全体として前向きに検討すべきだと思う。

　日本では集客が期待できる夏休みとなる7、8月にも多くの試合が行われるが、この時期に試合を行うことは選手への負担が大変大きい。これは現場の選手たちが一番感じていることだろう。この時期の試合をなくすことで、選手の負担を減らし、よりハイレベルの試合が行われることも、日本サッカーのレベルアップに貢献するはずだ。（注1）興行的な問題も大事かもしれないが、選手あってのリーグである。選手のコンディションを第一に考えるべきである。次に、反対の理由として挙げられる、降雪地に（注2）本拠地を置くチームが冬に試合をできないという指摘も、例えば、1月2月の真冬には試合を行わない、あるいは雪の心配が無い地域で試合を行うといった方法で解決できるはずである。

B

　最近、サッカーのプロリーグを秋春制に変更すべきという意見があるが、この問題はより慎重な議論が必要だと考える。その一番の理由は、日本のプロリーグの本拠地には北海道や東北、北陸などの降雪地域が多く含まれており、これらの地域で真冬の寒い時期に試合を行うことは非常に難しいからだ。

　ヨーロッパではサッカーが文化としてしっかり定着しているので、真冬に試合を行っても多くの観客が訪れる。それに、ヨーロッパでは雪は降っても積もらないという。しかし日本では山形や新潟などであれば、グラウンドに雪が積もってしまう。そうなっては試合にならない。その他にも、秋春制では高校や大学を卒業した新人の入団時期がシーズン中となってしまい、新人の育成という観点からも不都合が多い。

　海外への移籍が容易になるという人もいるが、これも本当に実力ある選手であれば、シーズン途中であっても移籍することができる。このことはこれまでヨーロッパに移籍した日本人選手の例を見れば明らかであり、シーズンの時期とは関係ない。

（注1）興行的な：娯楽的な。

（注2）本拠地：プロスポーツのチームなどが、主に使用する競技場のこと。

63 AとBどちらの文章でも触れられている内容はどれか。

　1 日本で7、8月に試合が行われること

　2 新人がシーズン途中に入団するようになること

　3 選手の移籍が簡単になるということ

　4 積雪地のチームの試合をどのように行うかということ

64 日本で夏にサッカーの試合が行われる理由として正しいのは
どれか。

　1 集客が期待できる夏休みに試合をするから

　2 雪の降る地域に本拠地を置くチームが多いから

　3 日本にはサッカーが文化として根付いていないから

　4 選手の移籍が容易であるから

問題 12　次の文章を読んで、後の問いに対する答えとして最もよいものを、1・2・3・4から一つ選びなさい。

　もうかなり前のことだが、画家の藤田吉香氏とスペインを旅をしたことがある。（中略）

　「それは君がまじめに風景を見てないからだ。本気で一生懸命に見れば忘れるもんじゃない。」と藤田氏は言い、「カメラという便利な機械があると、つい、それに頼って人間は対象を見つめなくなるんだな。」とつぶやいた。

　なるほど、藤田氏の言うとおりである。カメラに頼れば、無意識のうちに風景を真剣に見つめなくなる。人生は日々、（注1）一期一会である。その心構えがしだいに薄れて、人生を漫然とした安心感だけでやり過ごしかねなくなる。私はいたく反省した。だが、こうした人間の易きにつく本性については、既に二千年以上も前に（注2）荘子がちゃんと警告しているのである。彼はこう言っているのだ。機械あれば必ず機事あり、機事あれば必ず機心あり。すなわち、機械を使うと必ず機械に依存する仕事が増える。仕事が増えれば、いよいよ機械に頼らなければならなくなる。すると、やがて機械に頼る心が生じ、それが健康な人生の営みを損ね。「道」からいよいよ（注3）遠のいてしまう、というのだ。

　だからといって、私は機械を無用だの、悪だの、と言うつもりはない。それどころか、現代の生活に機械がどれほど貢献しているか、私たちが機械の恩恵をどれほどこうむっているか、私は身にしみて感じている。問題はどのように機械を使うか、いかにして機心を戒め、人間らしい充実感を持って生きることができるか、ということなのである。

　私がいまさらのようにこんなことを反省するのも、実は二十世紀がまさしく①"機械の世紀"であり、二十一世紀は更に②"機械万能の世紀"になることが確実だからだ。そして機事はいよいよ増え、それとともに機心がますます増大してゆくことを憂えるゆえである。(注4)複写機は大切な文章を書き写すという作業を無用なものにしてしまった。コンピューターは記憶の容量を一挙に拡大し、それを一枚の(注5)フロッピーに簡単に保存してくれるようになった。それは確かに偉大な技術の進歩である。

　だが、③人間の本質とは記憶で成り立っているのだ。人生とは記憶の集積なのである、そのように貴重な記憶のすべてを機械に譲り渡してしまったなら、ただ現在だけを条件反射的に、あるいは要領よく生きる人たちと言っていい。二十世紀のおそろしさ、そして、二十一世紀の何よりの不気味さは、そのような（注6）"ポストモダン"人を着々と生み出していることにある―――と私は思う。

（注1）一期一会：生涯に一回しかないと考えて、その日その時を大切にすること。

（注2）荘子：中国の戦国時代の思想家。

（注3）遠のいてしまう：遠く離れてしまうこと。

（注4）複写機：コピー機。

（注5）フロッピー：コンピューターのデータを記録する道具。

（注6）"ポストモダン：現代的状況を指す言葉・ここでは現代人のことを指している。

65 文章における荘子からの警告は次のどれか。

1 安心感だけで生活していると、無意識のうちに相手を真剣に見つめなくなる

2 機械に頼る心があれば、真面目に仕事をする意欲もなくなる

3 機事からの機心だけでなく、真剣に仕事する心構えも失ってしまう

4 頼りにするものができると、本気で相手に向き合えなくなり、安易な生き方をするようになってしまう

66 筆者によると、どうすれば健康な人生の営みができるのか。

1 なるべく自分でやり、心身を鍛えて毎日を充実させる

2 いたずらに機械を利用せず、出会いを大切にして相手をしっかり理解する

3 物事を真剣に見つめて覚えておき、それを機械を通して保存する

4 機械に頼る心を持たずに、自分の手で機械を使いこなす

67 「①機械の世紀」と「②機械万能の世紀」はどこが違うのか。

1 「機械の世紀」は進歩した機械に仕事をやらせる世紀、
「機械万能の世紀」はすべて機械任せで人間は条件反射的に
生きるだけの世紀

2 「機械の世紀」は機械が仕事をするが記憶は人間が受け持つ
世紀、「機械万能の世紀」は記憶まで機械がやってしまう世紀

3 「機械の世紀」は人間の生活に役立つ機械を人間が作り出す
世紀、「機械万能の世紀」は機械が機械を自動的に作り出す世紀

4 「機械の世紀」は機械が進歩して暮らしが豊かになる世紀、
「機械万能の世紀」はすべて機械がやって人間は働かなくても
よい世紀

68 「③人間の本質とは記憶で成り立っている」はどのような
ことを言っているのか。

1 人間は経験したことを記憶しておいて、次の機会にそれを
役立てること

2 自分のしたことを記憶していなければ、人間らしい人間
とは言えないこと

3 歴史や自分の記憶の集積によって、人間というものが形
作られること

4 ほかの動物と人間の違いは、人間が自分の行為を記憶して
いる点にあること

問題 13　以下は討論会募集の案内である。次の問いに対する答えとして最もよいものを、1・2・3・4から一つ選びなさい。

69　この三つの討論会に応募するには、どのようにしなければなりませんか。

1　同じ大学の学生でチームを組まなければなりません

2　規定に従って討論会の要旨を作成しなければなりません

3　大学院生でなければならず、発表する内容をA4用紙にまとめなければなりません

4　すべて五月一日までに要旨をメールで学校に送らなければなりません

70　桜大学の大学生である青木君と緑大学の大学生である田中君と吉田君は農業に関連するものに興味があり、一緒に応募するつもりですが、この三人が応募できる学校はどこですか。

1　白銀大学と黒羽大学

2　黄金大学と黒羽大学

3　白銀大学と黄金大学

4　白銀大学と黄金大学と黒羽大学

<h1 style="text-align:center">討論会　参加学生募集</h1>

熱い議論を交わしてみませんか。皆さんのご応募をお待ちしています。

白銀大学

1 日時：五月十三日（土）10：00〜

2 論題：「農業の未来」

3 応募資格：大学生、大学院生（国籍問わず。使用言語は日本語）

　　１チーム３名で応募。（全員が同じ大学に在籍していなくとも可）

4 応募方法：五月一日までに要旨を下のメールへ送付してください。

　　　　　　　要旨は当日発表する内容をA4用紙二枚以内にまとめ、

　　　　　　　論題に関わる用語を必要に応じて定義してください。

　　　　　　　なお、図、表、グラフ等は添付できません。

5 締め切り：メール、ＦＡＸは当日 24：00 必着。

6 メール：sirogane@xxx-u.or.jp

黄金大学

1 日時：五月二十日（土）13：00〜

2 論題：「農作業への外国人労働者の導入について」

3 応募資格：大学生、大学院生（国籍問わず。使用言語は日本語）

　　１チーム３名で応募。（全員が同じ大学に在籍していなくとも可）

4 応募方法：五月七日までに要旨を下のメールへ送付してください。

　　　　　　　要旨は当日発表する内容をA4用紙二枚以内にまとめ、

　　　　　　　論題に関わる用語を必要に応じて定義してください。

　　　　　　　図、表、グラフ等は添付できます。

5 締め切り：メール、ＦＡＸは当日 24：00 必着。

6 メール：ougon@xxx-u.or.jp

黒羽大学

1 日時：五月二十七日（土）10：00〜

2 論題：「週休三日の必要性」

3 応募資格：大学生（国籍問わず。使用言語は日本語）

　　1チーム3名で応募。（全員同じ大学に在籍であること）

4 応募方法：五月十三日までに要旨を下のメールへ送付してください。

　　　　　　要旨は当日発表する内容をA4用紙二枚以内にまとめ、

　　　　　　論題に関わる用語を必要に応じて定義してください。

　　　　　　なお、図、表、グラフ等は添付できません。

5 締め切り：メール、ＦＡＸは当日24：00必着。

6 メール：kurowa@xxx-u.or.jp

>> 簡 易 估 算 表 <<

1. 第一部分：文字.語彙.文法

第一部分之合計總分為 60 分 (最低合格門檻 19 分)

按比率計算：第一部分得分 Ⓐ [＿＿＿] 分 × 60 ÷ 76 ＝ [＿＿＿] 分

	答對題數	每題配分	得 分
問題 1		1 分	
問題 2		1 分	
問題 3		1 分	
問題 4		2 分	
問題 5		2 分	
問題 6		2 分	
問題 7		3 分	
合　計			Ⓐ

----

2. 第二部分：読　解

第二部分之合計總分為 60 分 (最低合格門檻 19 分)

按比率計算：第二部分得分 Ⓑ [＿＿＿] 分 × 60 ÷ 75 ＝ [＿＿＿] 分

	答對題數	每題配分	得 分
問題 8		3 分	
問題 9		3 分	
問題 10		3 分	
問題 11		3 分	
問題 12		3 分	
問題 13		3 分	
合　計			Ⓑ

第五回 答 案

題號	1	2	3	4	5	6	7	8	9	10
ANS	1	2	3	4	4	1	2	1	2	2

題號	11	12	13	14	15	16	17	18	19	20
ANS	2	3	3	3	2	1	2	2	4	3

題號	21	22	23	24	25	26	27	28	29	30
ANS	4	2	3	1	3	3	1	1	3	2

題號	31	32	33	34	35	36	37	38	39	40
ANS	4	3	2	4	4	3	4	2	2	1

題號	41	42	43	44	45	46	47	48	49	50
ANS	3	2	4	3	4	3	3	3	2	2

題號	51	52	53	54	55	56	57	58	59	60
ANS	4	2	4	2	1	1	1	3	4	2

題號	61	62	63	64	65	66	67	68	69	70
ANS	1	2	4	1	4	2	1	3	2	3

**第五回 重組練習題 ANS

（36）4-2-3-1　　　（37）2-4-1-3　　　（38）4-3-2-1

（39）3-4-2-1　　　（40）2-1-4-3

USB 影片課程

學習無期限 隨時可複習

日文文法完整版

日文之鑰 開啟 **翻譯** 之路

進階日文文法 + 中翻日　　打通日文學習の任.督二脈

中高級文法(一) 15HR	中高級文法(二) 15HR	高級文法(三) 15HR	中　翻　日
授課重點	**授課重點**	**授課重點**	**授課重點**
-助動詞用法 全攻略 -	1. 格助詞	1. 動詞種類及其運用	*中日對譯
*れる／られる 被動助動詞	（が、に、へ、で、と…）	（意志&非意志動詞.接續動詞.	短時間內學會
*せる／させる 使役助動詞	2. 副助詞	瞬間動詞.變化動詞…）	中翻日重要觀念
*た 過去 完了助動詞	（は、も、さえ、すら、なり…）	2. 自他動詞	及技巧
*う／よう 意量助動詞	3. 「は」と「が」	及其助詞運用	
*ない 否定助動詞	4. 助詞綜合練習	3. 助詞練習	*單句/短篇/中長篇
*ぬ 否定助動詞			加強練習輕鬆寫出
*まい 否定意量助動詞	**中高級文法(四)** 15HR	**高級文法(五)** 15HR	完整且正確的日文
*そうだ 樣態.傳聞助動詞			
*だ 斷定助動詞	**授課重點**	**授課重點**	*商務貿易書信
*ようだ 比況助動詞	1. 授受動詞	1. 綜合文法	工作文件往來
*たい／たがる 希望助動詞	2. 條件句	2. 時態	輕鬆自在
*らしい 推量助動詞	3. 補助動詞&補助形容詞	3. 改錯	充分發揮所學日文
*です／ます 美化助動詞	4. 綜合文法練習	4. 動詞適當變化	

紮實的文法基礎功 + 中翻日.日翻中硬實力 = 國內外日語升學.進修.職場加分

蔡倫線上日語  合格

N1.N2.N3.N4.N5合格班

目標 合格

*新日檢 N5.N4.N3.N2.N1

讀解.文法.語彙課+聽力技巧課+考古題解析

老師精選大量題庫+精闢解析(閱讀練習+衝刺題庫+小考)

1.報名 日檢任一套課程 上到合格

2.整套完整自編.有系統全套教材完全符合考試趨勢

3.課程+小考測驗及解析+衝刺題目+聽力訓練 = 合格

4.老師親自回答問題.輕鬆解惑不孤單.學習無盲點

5.專人協助擬定計畫.學習進度明確.效果佳

在家輕鬆完成學習進度 = 合格

合格 我們都上這一套

N1合格班

N2合格班

N3合格班

升學.職場日語

N4合格班

N5合格班

蔡倫老師20多年日語教學經驗 自編全系列日語教材 有效提升日文實力 升學就業最強推手

N1 模擬試題 5 回

編 著	蔡旭文
校 訂	蔡旭文
美工排版	許菽君.蔡誠桓.蔡元睿
出 版	蔡倫日語工作室
電 話	04-22213568
地 址	台中市太平區育賢路 89 號 1 樓
E-MAIL	taasahi1234@gmail.com
定 價	880 元
出版日期	2024 年 7 月 13 日 初版一刷

國家圖書館出版品預行編目資料

N1 模擬試題 5 回
蔡旭文編著 - 初版［台中市］
蔡倫日語工作室出版
ISBN 978-626-98780-0-0［平裝］
1. 日語 2. 新日本語能力測驗/JLPT